Maigret
Band M35

Georges Simenon, geboren 1903 im belgischen Lüttich, gestorben 1989 in Lausanne, gilt als der »meistgelesene, meistübersetzte, meistverfilmte, mit einem Wort: der erfolgreichste Schriftsteller des 20. Jahrhunderts« *(Die Zeit)*. Seine erstaunliche literarische Produktivität (75 Maigret-Romane, über 117 weitere Romane), viele Ortswechsel, zwei Ehen und unzählige Frauen bestimmten sein Leben. Rastlos bereiste er die Welt, immer auf der Suche nach dem, »was bei allen Menschen gleich ist«. Das macht seine Bücher bis heute so zeitlos.

Georges Simenon

Maigrets Memoiren

Roman

Aus dem Französischen von
Hansjürgen Wille, Barbara Klau
und Bärbel Brands

Atlantik

Die französische Originalausgabe erschien 1951 unter dem Titel
Les mémoires de Maigret im Verlag Presses de la Cité, Paris.
Die deutsche Erstausgabe erschien 1963 im Verlag
Kiepenheuer & Witsch, Köln.
Die Übersetzung wurde für die vorliegende Ausgabe
von Bärbel Brands grundlegend überarbeitet.

*Atlantik Bücher erscheinen im
Hoffmann und Campe Verlag, Hamburg.*

2. Auflage 2019
Copyright © 1951 by Georges Simenon Limited
GEORGES SIMENON ® Simenon.tm
MAIGRET ® Georges Simenon Limited
All rights reserved
Copyright für die deutschen Rechte © 2018
by Kampa Verlag AG, Zürich
Copyright für diese Ausgabe © 2019
by Hoffmann und Campe Verlag, Hamburg
www.hoffmann-und-campe.de
www.atlantik-verlag.de
Umschlaggestaltung: Rothfos & Gabler, Hamburg
Umschlagmotiv: © Elliott Erwitt / Magnum Photos / Agentur Focus
Satz: Tristan Walkhoefer, Leipzig
Gesetzt aus der Stempel Garamond und der Ano
Druck und Bindung: GGP Media GmbH, Pößneck
ISBN 978-3-455-00740-4

HOFFMANN
UND CAMPE

Ein Unternehmen der
GANSKE VERLAGSGRUPPE

1

Wo ich endlich und ungeniert
die Gelegenheit ergreife,
meine Beziehungen zu einem gewissen
Simenon zu erläutern

Es war im Jahr 1927 oder 1928. Ich habe kein Gedächtnis für Daten, und ich gehöre nicht zu denen, die über ihr Tun und Lassen sorgfältig Buch führen, was in unserem Beruf häufig vorkommt und sich für manche als nützlich und sogar einträglich erwiesen hat. Erst kürzlich habe ich mich an die Hefte erinnert, in die meine Frau, lange ohne mein Wissen, ja sogar heimlich, die Zeitungsartikel eingeklebt hat, in denen von mir die Rede war.

Vermutlich könnte ich das genaue Datum anhand eines bestimmten Falls feststellen, der uns in jenem Jahr viel Ärger bereitet hat, aber ich habe keine Lust, die Hefte durchzublättern.

Es ist auch gar nicht wichtig. Zumindest an das Wetter erinnere ich mich noch genau. Es war zu Beginn des Winters, an einem jener farblosen grau-weißen Tage, die ich gern Bürotage nenne, weil man meint, dass sich in einer so trüben Atmosphäre nichts Interessantes ereignen kann und einem nichts zu tun bleibt, als liegen gebliebene Berichte fertig zu schreiben und verbissen, aber lustlos die laufenden Geschäfte zu erledigen.

Wenn ich dieses trübe Grau so deutlich hervorhebe, so geschieht das nicht, weil ich einen Sinn fürs Malerische habe, sondern um zu zeigen, wie banal dieses Ereignis als solches gewesen ist, eingewoben in die Routine eines banalen Arbeitstags.

Es war etwa zehn Uhr morgens. Der Rapport war kurz gewesen und seit einer halben Stunde vorbei.

Heute weiß eigentlich jedermann, was der Rapport bei der Kriminalpolizei bedeutet, aber zu jener Zeit hätten die meisten Pariser wohl nicht einmal sagen können, welche Behörde sich am Quai des Orfèvres befand.

Pünktlich um neun ertönt ein Klingelzeichen, das die verschiedenen Abteilungsleiter in das geräumige Büro des großen Chefs zusammenruft, dessen Fenster auf die Seine hinausgehen. Es ist eine ungezwungene Versammlung. Man begibt sich, Pfeife oder Zigarette rauchend, dorthin, meistens mit einer Akte unterm Arm. Der Tag hat noch nicht recht begonnen, und dem einen oder anderen liegt der Geschmack von Milchkaffee und Croissants noch auf der Zunge. Man schüttelt einander die Hand und unterhält sich, bis alle versammelt sind. Dann berichtet jeder dem Chef, was sich in seinem Dienstbereich zugetragen hat. Einige bleiben stehen, manchmal am Fenster, und betrachten die Busse und Taxis, die über den Pont Saint-Michel fahren.

Anders als die Leute denken, ist nicht nur von Verbrechern die Rede.

»Wie geht es Ihrer Tochter, Priollet? Hat sie immer noch Masern?«

Ich erinnere mich, dass man sich auch sachkundig über Kochrezepte verbreitete.

Natürlich spricht man auch von ernsteren Dingen, zum Beispiel vom Sohn eines Abgeordneten oder Ministers, der Dummheiten begangen hat und im Begriff steht, weitere zu begehen, und den man dringlichst und möglichst unauffällig zur Vernunft bringen muss. Oder aber von einem reichen Ausländer, der vor Kurzem in einem Luxushotel an den Champs-Élysées abgestiegen ist und dessentwegen die Regierung sich beunruhigt zeigt. Von einem kleinen Mädchen, das man vor ein paar Tagen auf der Straße aufgelesen hat und dessen Angehörige sich noch nicht gemeldet haben, obwohl ihr Bild in allen Zeitungen erschienen ist.

Man ist unter sich, unter Fachleuten, und die Ereignisse sind von rein beruflichem Interesse. Man verliert kein unnützes Wort, was alles sehr vereinfacht. Es ist sozusagen das Tagesgeschäft.

»Nun, Maigret, haben Sie Ihren Polen aus der Rue de Birague noch nicht verhaftet?«

Ich beeile mich, hier zu erklären, dass ich nichts gegen Polen habe. Wenn ich ziemlich oft von ihnen spreche, so nicht deshalb, weil es sich um ein besonders bösartiges oder verdorbenes Volk handelt. Damals herrschte in Frankreich Mangel an Arbeitskräften. Man holte Tausende Polen ins Land und schickte sie in die Bergwerke im Norden. Ganze Dörfer, Männer, Frauen und Kinder, wurden auf diese Weise zusammengetrieben und in Züge verfrachtet, ähnlich wie früher die schwarzen Arbeitskräfte.

Die meisten waren sehr gute Arbeiter, und viele sind brave französische Bürger geworden. Aber wie zu erwarten, war auch Gesindel dabei, und dieses Gesindel hat uns eine Zeit lang viel zu schaffen gemacht.

Indem ich ein wenig zusammenhanglos von meinen damaligen Sorgen spreche, möchte ich versuchen, dem Leser einen Begriff von der Welt zu geben, in der ich mich zu jener Zeit bewegte.

»Es wäre mir lieb, Chef, wenn man ihn noch zwei oder drei Tage in Freiheit ließe. Bisher hat sich nichts ergeben. Aber er wird sich bestimmt noch mit seinen Komplizen treffen.«

»Der Minister wird allmählich ungeduldig. Die Zeitungen ...«

Immer die Zeitungen! Und immer an oberster Stelle die Angst vor den Zeitungen, vor dem Urteil der Öffentlichkeit. Kaum ist ein Verbrechen begangen worden, muss unverzüglich ein Schuldiger präsentiert werden, koste es, was es wolle.

Am liebsten würde man uns schon nach ein paar Tagen sagen:

»Verhaften Sie irgendjemanden, egal wen, damit die Öffentlichkeit beruhigt ist.«

Ich werde wahrscheinlich noch darauf zurückkommen. An jenem Morgen ging es übrigens nicht um den Polen, sondern um einen frisch verübten Diebstahl, der nach einer ganz neuen Methode begangen worden war, was selten vorkommt.

Drei Tage zuvor, um die Mittagszeit, als die meisten Geschäfte nicht geöffnet waren, hatte ein Lastwagen gegenüber einem kleinen Juweliergeschäft am Boulevard Saint-Denis gehalten. Männer hatten eine riesige Kiste vor die Tür gestellt und waren dann wieder abgefahren.

Hunderte von Leuten waren an der Kiste vorbeigegangen, ohne sich zu wundern. Der Juwelier hingegen runzelte die Stirn, als er aus dem Restaurant zurückkam, in dem er zu Mittag gegessen hatte.

Er schob die erstaunlich leichte Kiste zur Seite und sah, dass man auf der Seite, die der Tür zugewandt war, ein Loch hineingesägt hatte und ein weiteres in die Ladentür und dass seine Regale ebenso wie sein Geldschrank geplündert worden waren.

Eine solche Untersuchung ist eine mühselige Sache, kann sich über Monate hinziehen und den Einsatz der halben Belegschaft erfordern. Die Einbrecher hatten weder Fingerabdrücke noch sonst irgendeine Spur hinterlassen.

Da die Methode neu war, handelte es sich bei den Tätern wohl kaum um aktenkundige Ganoven.

Das einzige Indiz war eine gewöhnliche, wenn auch riesige Kiste, und seit drei Tagen suchte ein gutes Dutzend Inspektoren alle Kistenfabrikanten auf und ebenso alle Firmen, die große Kisten verwendeten.

Ich war also wieder in mein Büro zurückgekehrt und hatte begonnen, einen Bericht abzufassen, als das Haustelefon läutete.

»Sind Sie's, Maigret? Würden Sie bitte einen Augenblick zu mir kommen?«

Auch das war nichts Ungewöhnliches. Jeden Tag – oder fast jeden – rief mich der große Chef außerhalb des Rapports in sein Büro, manchmal mehrmals am Tag. Ich kannte ihn seit meiner Kindheit. Er hatte seinen Urlaub oft im Departement Allier verbracht, ganz in unserer Nähe, und war ein Freund meines Vaters gewesen.

Und dieser große Chef war in meinen Augen wirklich der große Chef, und zwar im wahrsten Sinne des Wortes. Unter ihm hatte ich mir meine ersten Sporen bei der Polizei verdient, und ohne dass er mich tatsächlich protegierte, hatte er meinen Werdegang diskret im Auge behalten. Er war es gewesen, der vor meinen Augen in seinem schwarzen Anzug, den Hut auf dem Kopf, ganz allein im Kugelhagel auf ein Landhaus zugegangen war, in dem sich Bonnot und seine Bande seit zwei Tagen verschanzt hatten.

Ich spreche von Xavier Guichard, dem Mann mit den listigen Augen und der weißen Dichtermähne.

»Treten Sie ein, Maigret.«

Es war so trübe, dass Guichard die Lampe mit dem grünen Schirm auf seinem Schreibtisch angezündet hatte. Neben dem Tisch saß ein junger Mann. Er erhob sich und gab mir die Hand, als wir einander vorgestellt wurden.

»Kommissar Maigret. Monsieur Georges Sim, Journalist ...«

»Nicht Journalist, Schriftsteller«, protestierte der junge Mann lächelnd.

Xavier Guichard lächelte ebenfalls. Und er verstand es, auf vielfältige Art zu lächeln und damit jede Nuance seines Denkens auszudrücken. Er verfügte über eine Ironie, die nur jene wahrnahmen, die ihn gut kannten, und andere zuweilen als ein Zeichen von Naivität deuteten.

Er sprach zu mir mit dem größten Ernst, als handelte es sich um eine wichtige Angelegenheit und um eine bedeutende Persönlichkeit.

»Monsieur Sim braucht für einen Roman einen genauen Einblick in die Arbeit der Kriminalpolizei. Wie er mir soeben auseinandergesetzt hat, finden viele menschliche Tragödien in diesem Haus ihr Ende. Er hat mir auch erklärt, ihn interessiere weniger das Räderwerk der Polizei – darüber hat er sich bereits anderswo informiert – als vielmehr die hier herrschende Atmosphäre.«

Ich warf einen flüchtigen Blick auf den jungen Mann. Er musste etwa vierundzwanzig Jahre alt sein, war mager und hatte beinahe so lange Haare wie der Chef. Das Wenige, was ich über ihn sagen konnte, war, dass er an nichts zu zweifeln schien, schon gar nicht an sich selbst.

»Wären Sie so freundlich, ihm alles zu zeigen, Maigret?«

In dem Augenblick, da ich mich zur Tür wenden wollte, hörte ich diesen Sim sagen:

»Entschuldigen Sie, Monsieur Guichard, aber Sie haben vergessen, dem Kommissar zu sagen ...«

»Ach ja. Sie haben recht. Monsieur Sim ist, wie er betont hat, kein Journalist. Wir laufen darum nicht Gefahr, dass er in den Zeitungen über Dinge berichtet, die nicht für die Öffentlichkeit bestimmt sind. Ohne dass ich ihn erst darum bitten musste, hat er mir versprochen, dass er das, was er hier sehen oder hören wird, nur für seine Romane verwenden wird. Und zwar so abgewandelt, dass uns keine Schwierigkeiten daraus entstehen können.«

Ich höre noch, wie der große Chef, über seine Post gebeugt, ernst hinzufügte:

»Sie können volles Vertrauen haben, Maigret. Er hat mir sein Wort gegeben.«

Trotzdem hatte sich Xavier Guichard einwickeln lassen. Das spürte ich sofort und sollte es bald bestätigt finden. Nicht nur von der jugendlichen Kühnheit seines Besuchers, sondern aus einem Grund, den ich erst später erfahren habe. Der Chef hatte außer seinem Beruf eine Leidenschaft: die Archäologie. Er gehörte mehreren archäologischen Gesellschaften an und hatte ein umfangreiches Werk (das ich nie gelesen habe) über die Frühgeschichte von Paris und Umgebung geschrieben.

Nun, unser Sim wusste das – ich frage mich, ob es sich dabei um einen Zufall handelte – und war darauf bedacht gewesen, mit Guichard darüber zu sprechen.

Hatte man mich deswegen persönlich bemüht? Fast jeden Tag gibt jemand am Quai den Fremdenführer. Meistens sind die Besucher prominente Ausländer oder Personen, die irgendeinen Posten bei der Polizei ihres Landes bekleiden. Manchmal auch nur einflussreiche Bürger aus der hiesigen Provinz, die stolz das Empfehlungsschreiben ihres Abgeordneten vorzeigen.

Das ist zur Routine geworden. Fehlt nur noch, dass wir wie bei der Besichtigung historischer Denkmäler einen auswendig gelernten Text herunterleiern.

Aber für gewöhnlich genügt ein Inspektor. Es muss schon eine sehr bedeutende Persönlichkeit sein, wenn man einen Abteilungsleiter als Fremdenführer bemüht.

»Wenn es Ihnen recht ist, gehen wir zunächst zum Erkennungsdienst hinauf.«

»Wenn Sie nichts dagegen haben, würde ich lieber mit dem Warteraum beginnen.«

Das war die erste Überraschung. Er sagte es übrigens äußerst liebenswürdig, mit einem entwaffnenden Blick, und fügte noch hinzu:

»Wissen Sie, ich möchte den gleichen Weg gehen, den Ihre Kunden für gewöhnlich nehmen.«

»In dem Fall müssten wir in der Wache beginnen, im Depot, denn die meisten verbringen dort die Nacht, bevor sie uns vorgeführt werden.«

Ruhig erwiderte er:

»Dort war ich schon letzte Nacht.«

Er machte sich keine Notizen. Er hatte weder einen Block noch einen Stift bei sich. Er blieb mehrere Minuten im verglasten Warteraum, wo in schwarzen Rahmen die Fotos der Polizeibeamten hängen, die im Dienst ums Leben gekommen sind.

»Wie viele kommen im Durchschnitt jährlich ums Leben?«

Dann bat er, mein Büro sehen zu dürfen. Aber der Zufall wollte es, dass gerade Handwerker damit beschäftigt waren, es neu herzurichten. Ich hauste provisorisch in einem ehemaligen Büro im Untergeschoss, das ziemlich altmodisch und verstaubt war, mit Möbeln aus schwarzem Holz und einem Kohleofen von der Art, wie man sie nur noch in manchen Provinzbahnhöfen sieht.

Es war das Büro, in dem ich meine Laufbahn bei der Kriminalpolizei begonnen, in dem ich fast fünfzehn Jahre lang als Inspektor gearbeitet hatte, und ich gestehe, dass ich mit einer gewissen Zärtlichkeit an dem bauchigen Ofen hing. Ich füllte ihn immer bis zum Rand und liebte es, wenn der gusseiserne Deckel sich rötete.

Es war weniger eine Marotte als vielmehr eine Art Disziplin, ja eine List. Mitten in einem schwierigen Verhör nämlich erhob ich mich und begann, lange im Ofen zu stochern, und dann schüttete ich Schaufeln voll Kohle hinein, wobei ich eine harmlose Miene aufsetzte, während mein Kunde mich vollkommen verwirrt betrachtete.

Und es stimmt, dass ich mich nach meinem alten Ofen zurückgesehnt habe, als ich schließlich ein modernes Büro mit Zentralheizung bezog. Ich hätte ihn liebend gern mitgenommen, aber ich habe nicht darum gebeten, wusste ich doch, dass die Bitte abschlägig beschieden würde.

Der Leser möge mir verzeihen, dass ich bei diesen Einzelheiten verweile, aber ich habe damit etwas Bestimmtes im Sinn.

Mein Gast betrachtete meine Pfeifen, meine Aschenbecher, die schwarze Marmoruhr auf dem Kamin, das kleine Emaillebecken hinter der Tür und das Handtuch, das immer nach nassem Hund riecht.

Er stellte mir keine einzige fachliche Frage. Die Akten schienen ihn nicht im Geringsten zu interessieren.

»Über diese Treppe gelangen wir zu den Laborräumen.«

Auch dort betrachtete er das zum Teil verglaste Dach, die Wände, die Fußböden und die Gliederpuppe, doch das eigentliche Labor mit seinen komplizierten Apparaten interessierte ihn ebenso wenig wie die Arbeit, die dort verrichtet wurde.

Aus Gewohnheit erklärte ich:

»Wenn man irgendeinen geschriebenen Text mehrere hundert Male vergrößert und diese Vergrößerungen vergleicht …«

»Ich weiß, ich weiß.«

Und dann fragte er mich plötzlich wie beiläufig:

»Haben Sie Hans Gross gelesen?«

Ich hatte diesen Namen noch nie gehört. Später habe ich erfahren, dass es sich um einen österreichischen Untersuchungsrichter handelte, der in den achtziger Jahren des vorigen Jahrhunderts den ersten Lehrstuhl für Kriminalistik an der Universität Wien innehatte.

Mein Besucher hatte seine beiden dicken Bände natürlich gelesen. Er hatte alles gelesen, eine Unzahl von Büchern, von deren Existenz ich nicht einmal wusste und deren Titel er mir in lässigem Ton nannte.

»Folgen Sie mir über den Flur, ich werde Ihnen das Archiv zeigen, in dem die Karteien aufbewahrt werden von ...«

»Ich weiß, ich weiß.«

Allmählich ging er mir auf die Nerven. Hatte er mich nur gestört, um Mauern, Decken, Fußböden zu betrachten und uns alle zu mustern, als wollte er ein Inventar erstellen?

»Um diese Zeit wird es im Erkennungsdienst von Leuten wimmeln. Mit den Frauen ist man wahrscheinlich schon fertig. Jetzt sind die Männer an der Reihe ...«

Es waren etwa zwanzig, alle splitternackt, die man im Laufe der Nacht aufgelesen hatte und die nun darauf warteten, vermessen und fotografiert zu werden.

»Dann bleibt jetzt also nur noch«, sagte der junge Mann, »die medizinische Sonderabteilung im Depot.«

Ich runzelte die Stirn.

»Besucher sind dort nicht zugelassen.«

Von diesem Ort weiß die Außenwelt am wenigsten. Verbrecher und Verdächtige werden dort von Gerichtsmedizinern untersucht und verschiedenen psychologischen Tests unterzogen.

»Paul Bourget pflegte den Untersuchungen beizuwohnen«, antwortete mir mein Besucher seelenruhig. »Ich werde um eine Genehmigung bitten.«

Ich habe an diese Begegnung im Grunde nur eine farblose Erinnerung bewahrt, genauso farblos wie das Wetter an jenem Tag. Dass ich nichts unternahm, um den Besuch abzukürzen, lag vor allem daran, dass der große Chef mich gebeten hatte, den jungen Mann herumzuführen. Außerdem hatte ich nichts Besonderes zu tun und konnte so immerhin etwas Zeit totschlagen.

Er kam schließlich noch einmal in mein Büro, setzte sich und reichte mir seinen Tabakbeutel.

»Wie ich sehe, sind Sie auch Pfeifenraucher. Pfeifenraucher sind mir sympathisch.«

Wie immer lag ein halbes Dutzend Pfeifen auf meinem Tisch. Er betrachtete sie mit Kennermiene.

»Womit beschäftigen Sie sich im Augenblick?«

So sachlich wie möglich erzählte ich ihm die Geschichte von der Kiste vor dem Juweliergeschäft und fügte hinzu, es sei das erste Mal, dass man diese Methode angewandt habe.

»Nein«, erwiderte er. »Sie ist schon vor acht Jahren in New York angewandt worden, vor einem Geschäft in der Eighth Avenue.«

Dass er das wusste, musste ihn mit Stolz erfüllen, aber ich gebe zu, er brüstete sich nicht damit. Er rauchte mit ernster Miene seine Pfeife, als ob er zehn Jahre älter wirken und sich auf die gleiche Stufe mit dem reifen Mann stellen wollte, der ich damals schon war.

»Wissen Sie, Herr Kommissar, Berufsverbrecher interessieren mich nicht. Ihre Psychologie wirft keine Rätsel auf. Es ist nun mal ihr Beruf, Punktum.«

»Wer interessiert Sie dann?«

»Die anderen. Menschen wie Sie und ich, die eines schönen Tages jemanden töten, ohne sich darauf vorbereitet zu haben.«

»Das kommt nur selten vor.«

»Ich weiß.«

»Abgesehen von den Verbrechen aus Leidenschaft.«

»Verbrechen aus Leidenschaft sind auch nicht interessanter.«

Das ist in etwa alles, was mir von dieser Begegnung im Gedächtnis geblieben ist. Ich muss ihm beiläufig von einem Fall erzählt haben, mit dem ich mich wenige Monate zuvor befasst hatte, eben weil es sich nicht um Berufsverbrecher handelte,

sondern um ein junges Mädchen und eine Perlen-
kette.

»Ich danke Ihnen, Kommissar. Ich hoffe, ich
werde das Vergnügen haben, Sie einmal wiederzu-
sehen.«

Und ich antwortete im Stillen: Ich hoffe nicht.

Wochen vergingen, Monate. Ein einziges Mal, mitten im Winter, glaubte ich, besagten Monsieur Sim
auf dem Flur der Kriminalpolizei auf und ab gehen
zu sehen.

Eines Morgens fand ich auf dem Schreibtisch
neben meiner Post ein kleines Buch mit einem ab-
scheulich illustrierten Umschlag, wie man sie an
Zeitungskiosken und in den Händen junger Mädchen sieht. Es hieß: *Das Mädchen mit den Perlen*,
und der Name des Autors lautete Georges Sim.

Ich hatte keine Lust, das Buch zu lesen. Ich lese
wenig, und Groschenromane schon gar nicht. Ich
weiß nicht einmal, was ich mit dem auf billigem
Papier gedruckten Büchlein gemacht habe. Wahrscheinlich warf ich es in den Papierkorb und dachte
nicht mehr daran.

Dann, eines anderen Morgens, fand ich wieder
ein Exemplar des Buches auf meinem Schreibtisch,
und von da an lag jeden Morgen ein neues neben
meiner Post.

Es dauerte eine ganze Weile, bis ich bemerkte,

dass meine Inspektoren, vor allem Lucas, mir manchmal amüsierte Blicke zuwarfen. Lucas war es auch, der mich schließlich aufklärte, als wir eines Mittags einen Aperitif in der Brasserie Dauphine nahmen. Nachdem er lange um den heißen Brei herumgeredet hatte, sagte er:

»Nun sind Sie zum Romanhelden geworden, Chef.«

Er zog das Buch aus der Tasche.

»Haben Sie es gelesen?«

Er gestand, dass Janvier, damals der Jüngste in der Brigade, jeden Morgen ein Exemplar auf meinen Schreibtisch legte.

»In gewissen Zügen ähnelt er Ihnen, wie Sie sehen werden.«

Er hatte recht. Er ähnelte mir – in etwa so, wie die Skizze eines Amateurkarikaturisten auf dem Marmortisch eines Cafés einem Menschen aus Fleisch und Blut ähnelt. Er hatte mich dicker und schwerer gezeichnet, als ich von Natur war. Ich bekam, wenn ich es so ausdrücken darf, ein erstaunliches Gewicht.

Was die Geschichte betraf, sie war nicht wiederzuerkennen. Und die Methoden, die ich darin zuweilen anwandte, kann man bestenfalls ausgefallen nennen.

Als ich an jenem Abend nach Hause kam, hielt meine Frau das Buch in der Hand.

»Die Milchhändlerin hat es mir gegeben. Es

scheint darin von dir die Rede zu sein. Ich bin noch nicht dazu gekommen, es zu lesen.«

Was konnte ich tun? Besagter Sim hatte, wie versprochen, keinen Zeitungsartikel verfasst. Es handelte sich aber auch nicht um ein anspruchsvolles Buch, sondern bloß um ein billiges Heftchen, dem niemand Bedeutung beimessen konnte, ohne sich lächerlich zu machen.

Er hatte meinen Namen benutzt. Aber er konnte mir entgegenhalten, dass viele Maigrets in der Welt herumliefen. Ich gelobte mir immerhin, ihn ziemlich kühl zu behandeln, sollte er mir je wieder über den Weg laufen, während ich zugleich überzeugt war, dass er es nicht wagen würde, sich noch einmal bei der Kriminalpolizei zu zeigen.

Aber ich täuschte mich. Als ich eines Tages beim Chef anklopfte, um ihn um einen Rat zu bitten, sagte er munter:

»Ah, das trifft sich gut, Maigret. Ich wollte Sie gerade anrufen. Unser Freund Sim ist hier.«

Freund Sim war nicht im Mindesten verlegen. Im Gegenteil, er wirkte sehr selbstsicher und hatte eine besonders dicke Pfeife im Mund.

»Wie geht es Ihnen, Kommissar?«

Und Guichard erklärte mir:

»Er hat mir soeben einige Stellen aus einem Schmöker vorgelesen, den er über den Quai des Orfèvres geschrieben hat.«

»Den kenne ich schon.«

Xavier Guichards Augen lachten, aber diesmal war ich derjenige, über den er sich lustig zu machen schien.

»Er hat mir dann allerlei Treffendes gesagt, was Sie gewiss interessieren wird. Er wird es Ihnen wiederholen.«

»Ganz einfach«, sagte Sim. »Bisher spielt in Frankreich, und vor allem in der Literatur, meist der Missetäter die sympathische Rolle, während die Polizei lächerlich gemacht wird, im besten Fall.«

Guichard nickte.

»So ist es doch?«

Tatsächlich, so war es. Nicht nur in der Literatur, auch im täglichen Leben. Ich musste dabei an ein beschämendes Erlebnis zu Beginn meiner Laufbahn denken, als ich noch im Streifendienst war. Ich wollte gerade einen Taschendieb verhaften, als der losschrie, etwas wie: »Haltet den Dieb!«

Sofort stürzten sich zwanzig Leute auf mich. Ich erklärte ihnen, ich sei von der Polizei und das Individuum, das sich gerade davonmache, ein Wiederholungstäter. Ich bin überzeugt, dass sie mir glaubten. Trotzdem hielten sie mich mit allen Mitteln fest, wodurch mein Dieb in aller Ruhe das Weite suchen konnte.

»Nun«, fuhr Guichard fort, »unser Freund Sim

hat vor, eine Romanserie zu schreiben, in der die Polizei so geschildert wird, wie sie wirklich ist.«

Ich verzog das Gesicht, was dem großen Chef nicht entging.

»Ungefähr so, wie sie ist«, verbesserte er sich. »Verstehen Sie? Dieses Buch hier ist nur ein erster Versuch gewesen.«

»Er hat darin meinen Namen benutzt.«

Ich glaubte, der junge Mann würde verlegen werden und sich entschuldigen. Von wegen.

»Ich hoffe, Sie sind darüber nicht verärgert, Kommissar. Es ist stärker als ich. Wenn ich mir eine Figur unter einem bestimmten Namen vorstelle, bringe ich es einfach nicht mehr fertig, ihn später zu ändern. Ich habe vergeblich alle nur denkbaren Silben kombiniert, um den Namen Maigret zu ersetzen. Schließlich habe ich es aufgegeben. Es wäre nicht mehr meine Figur gewesen.«

Er sagte ganz ruhig »meine Figur«, und ich habe nicht einmal mit der Wimper gezuckt. Vielleicht Xavier Guichards und seines verschmitzten Blicks wegen.

»Es handelt sich diesmal nicht um eine Serie von Kolportageromanen, sondern um das, was er … Wie sagten Sie noch, Monsieur Sim?«

»Halbliteratur.«

»Und Sie glauben, dass ich …«

»Ich möchte Sie näher kennenlernen.«

24

Ich habe es schon zu Beginn gesagt: Er kannte keine Zweifel, und ich glaube, gerade das war seine Stärke. Dadurch hatte er den großen Chef, der sich für alles Menschliche interessierte, für seine Sache gewinnen können. Ohne den Hauch eines Lächelns sagte Guichard zu mir:

»Er ist erst vierundzwanzig.«

»Es fällt mir schwer, eine Figur zu schildern, wenn ich nicht weiß, wie sie sich im Alltag verhält. Ich könnte zum Beispiel nicht über Milliardäre schreiben, ehe ich nicht einem von ihnen dabei zugesehen habe, wie er im Morgenrock sein Frühstücksei verzehrt.«

Das alles liegt schon weit zurück. Und ich frage mich jetzt, aus welchem geheimnisvollen Grund wir nicht in schallendes Gelächter ausgebrochen sind.

»Also Sie möchten ...«

»Sie besser kennenlernen. Sie im Leben und bei der Arbeit beobachten.«

Natürlich gab mir der Chef keinen Befehl. Ich hätte mich auch vermutlich dagegen verwahrt. Eine Zeit lang war ich gar nicht sicher, ob er das Ganze nicht als eine Posse betrachtete, denn er hatte sich diesen typischen Quartier-Latin-Humor bewahrt. Wahrscheinlich habe ich, um zu zeigen, dass ich die Sache nicht allzu ernst nahm, mit den Schultern gezuckt und gesagt:

»Wann immer Sie wollen.«

Und schon sprang dieser Sim begeistert auf.

»Sofort.«

Im Rückblick mag auch das lächerlich erscheinen. Der Dollar stand damals unwahrscheinlich hoch. Die Amerikaner steckten ihre Zigarren mit Tausend-Franc-Scheinen an. Überall am Montmartre wurde Jazz gespielt, und wohlhabende Damen reiferen Alters ließen sich beim Tanztee von argentinischen Gigolos ihren Schmuck abnehmen.

La Garçonne erreichte schwindelerregende Auflagen. Die Sittenpolizei wurde durch regelrechte Orgien im Bois de Boulogne in Atem gehalten, die sie aber kaum zu stören wagte, fürchtete man doch, Angehörige des diplomatischen Dienstes könnten daran beteiligt sein.

Die Haare der Frauen waren kurz, ihre Kleider auch. Und die Männer trugen spitze Schuhe und enge Hosen.

Ich weiß, das alles erklärt nichts. Aber es gehört dazu. Und ich sehe den jungen Sim noch vor mir, wie er am Morgen mein Büro betritt, als wäre er einer meiner Inspektoren geworden, mir freundlich zuruft: »Lassen Sie sich nicht stören«, und sich dann in eine Ecke setzt.

Er machte sich noch immer keine Notizen. Er stellte kaum Fragen, neigte eher dazu, Dinge zu behaupten. Später hat er mir erklärt – was nicht heißen soll, dass ich ihm glaubte –, die Reaktionen eines Menschen auf eine Behauptung seien viel aufschlussreicher als seine Antworten auf eine präzise Frage.

Als wir eines Mittags, wie so oft, in die Brasserie Dauphine gingen, Lucas, Janvier und ich, begleitete er uns.

Und eines Morgens sah ich ihn beim Rapport im Büro des Chefs sitzen.

So ging das ein paar Monate lang. Als ich ihn fragte, ob er eigentlich noch schreibe, antwortete er:

»Ja, ich schreibe nach wie vor Kitschromane, für meinen Lebensunterhalt. Ich sitze jeden Morgen von vier bis acht am Schreibtisch. Um acht Uhr ist mein Tagwerk vollbracht. Ich werde erst dann die halbliterarischen Romane schreiben, wenn ich mich dazu bereit fühle.«

Ich weiß nicht, was er darunter verstand, aber nachdem ich ihn eines Sonntags zum Mittagessen am Boulevard Richard-Lenoir eingeladen und meiner Frau vorgestellt hatte, hörten seine Besuche am Quai des Orfèvres plötzlich auf.

Es war seltsam, ihn nicht mehr in seiner Ecke auf seinem Stuhl zu sehen, von dem er sich erhob, wenn ich mich erhob, um mir auf Schritt und Tritt überallhin zu folgen.

Im Laufe des Frühlings bekam ich völlig unerwartet eine Einladung:

Georges Sim gibt sich die Ehre,
Sie zur Taufe seines Schiffes Ostrogoth
einzuladen, die der Herr Pfarrer von
Notre-Dame am nächsten Dienstag am Square
du Vert-Galant vornehmen wird.

Ich bin nicht hingegangen. Ich habe durch das örtliche Polizeirevier erfahren, dass ein überdrehter Haufen an Bord eines mitten in Paris vor Anker liegenden, mit vielen Flaggen und Girlanden geschmückten Schiffes drei Tage und drei Nächte lang ein riesiges Spektakel veranstaltet habe.

Als ich einmal über den Pont-Neuf ging, sah ich das betreffende Schiff, und am Fuß des Mastes saß jemand mit einer Kapitänsmütze auf dem Kopf und tippte auf einer Schreibmaschine.

In der folgenden Woche war das Schiff nicht mehr da, und der Square du Vert-Galant hatte wieder sein vertrautes Aussehen.

Mehr als ein Jahr danach bekam ich eine weitere Einladung, diesmal auf eins unserer Formulare für Fingerabdrücke geschrieben.

Georges Simenon gibt sich die Ehre,
Sie zu dem anthropometrischen Ball
einzuladen, der anlässlich des Erscheinens
seiner Kriminalromane in der Boule
Blanche veranstaltet wird.

Aus Sim war Simenon geworden.

Genauer, er hatte seinen richtigen Namen angenommen, vielleicht weil er sich jetzt bedeutend genug fühlte.

Nun, mir war das gleich. Ich ging nicht zu dem Ball und erfuhr am nächsten Tag, dass der Polizeipräsident dort gewesen war.

Aus den Zeitungen. Denselben Zeitungen, die auf der Titelseite davon berichteten, dass Kommissar Maigret soeben mit großem Tamtam Einzug in die Kriminalliteratur gehalten habe.

Als ich an jenem Morgen zum Quai kam und die breite Treppe hinaufstieg, sah ich nur spöttisch grinsende Gesichter, die sich rasch abwandten.

Meine Inspektoren taten ihr Möglichstes, um ernst zu bleiben. Meine Kollegen gaben vor, mich mit neuem Respekt zu behandeln.

Nur der große Chef tat, als wäre nichts geschehen, und fragte mich:

»Und Sie, Maigret? Was machen die laufenden Fälle?«

Rund um den Boulevard Richard-Lenoir gab es nicht einen Ladenbesitzer, der meiner Frau nicht die Zeitung mit meinem groß gedruckten Namen gezeigt hätte, um dann voll der Bewunderung zu sagen:

»Das ist doch Ihr Mann, nicht wahr?«

Ich war es. Leider!

2

Wo es um die Wahrheit geht, die man »die nackte« nennt und die niemanden überzeugt, und um »frisierte« Wahrheiten, die echter wirken als die echten

Als bekannt wurde, dass ich dieses Buch schreibe und dass Simenons Verleger mir angeboten hatte, es zu veröffentlichen, noch ehe er es gelesen hatte, ja ehe auch nur das erste Kapitel fertig war, spürte ich, dass die meisten meiner Freunde leise Bedenken hatten. Sie sagten sich gewiss:

»Jetzt fängt Maigret also auch an zu schreiben.«

Im Laufe der letzten Jahre nämlich haben mindestens drei ehemalige Kollegen meiner Generation ihre Memoiren geschrieben und veröffentlicht.

Ich möchte aber gleich bemerken, dass sie damit einer alten Tradition der Pariser Polizei gefolgt sind, einer Tradition, der wir unter anderen die Memoiren von Macé und jene des großen Goron verdanken, die beide zu ihrer Zeit die sogenannte Sûreté geleitet haben. Der legendäre Vidocq hingegen, der Berühmteste von allen, hat uns leider keine Memoiren hinterlassen, die wir mit den Porträts vergleichen könnten, die Romanciers von ihm gezeichnet haben. Die meisten haben ihn bei seinem Namen genannt, während Balzac ihn Vautrin nannte.

Es ist nicht meine Aufgabe, meine Kollegen zu verteidigen, dennoch möchte ich auf einen oft geäußerten Einwand antworten.

»Wenn man all das liest«, hat man mir gesagt, »so müssen es mindestens drei Männer gleichzeitig gewesen sein, die jeden dieser berühmten Fälle aufgeklärt haben.«

Als Beispiel diente vor allem der Fall Mestorino, der einst großes Aufsehen erregt hatte.

Nun, ich könnte auch Anspruch darauf erheben, denn ein Fall von diesem Ausmaß erfordert die Mitarbeit aller Abteilungen. Was das finale Verhör betrifft, jenes berühmte Vierundzwanzigstunden-Verhör, das heute als beispielhaft gilt, so waren daran nicht vier, sondern mindestens sechs Mann beteiligt, die immer wieder dieselben Fragen gestellt haben, eine nach der anderen, und dabei jedes Mal ein bisschen mehr Land gewannen.

Derjenige, der unter diesen Bedingungen sagen wollte, wer von uns den entscheidenden Augenblick erwischte, um den Täter zum Sprechen zu bringen, müsste schon äußerst schlau sein.

Ich möchte übrigens betonen, dass der Titel *Memoiren* nicht von mir stammt. Er wurde schließlich genommen, weil uns kein besserer einfallen wollte.

Ebenso verhält es sich (ich unterstreiche dies beim Korrigieren der Abzüge) mit den Untertiteln, die man, wie es scheint, Kapitelüberschriften nennt. Mein Verleger hat mich um Erlaubnis gebeten, sie nachträglich einfügen zu dürfen, aus typographischen Gründen, wie er mir höflich erklärte. Ich glaube jedoch, er wollte meinen Text etwas auflockern.

Unter all meinen Aufgaben am Quai des Orfèvres gibt es nur eine, die mir immer zuwider war: das Abfassen von Berichten. Liegt das an einer atavistischen Sorge um Genauigkeit, an Skrupeln, mit denen sich schon mein Vater herumschlagen musste?

Wie oft habe ich den fast klassisch zu nennenden Satz gehört:

»Maigrets Berichte bestehen vor allem aus Klammern.«

Wahrscheinlich weil ich zu viel, weil ich alles erklären will, weil mir nichts einfach erscheint oder aufgeklärt.

Wenn man unter »Memoiren« den Bericht über Ereignisse versteht, in die ich in meinem beruflichen Leben verwickelt war, dann fürchte ich, wird das Publikum enttäuscht sein.

In einem Zeitraum von zwanzig Jahren hat es, glaube ich, kaum mehr als zwanzig wirklich sensationelle Fälle gegeben, eingeschlossen jene, die ich schon erwähnt habe: der Fall Bonnot, der Fall

Mestorino, ferner der Fall Landru, der Fall Serret und einige andere.

Aber von denen haben meine Kollegen und ehemaligen Chefs schon ausführlich berichtet.

Was die anderen betrifft, jene, die zwar ebenfalls interessant waren, aber es nicht auf die Titelseiten schafften, so hat sich Simenon ihrer angenommen.

Das bringt mich zu dem Punkt, den ich im Sinn hatte, als ich mit der Niederschrift dieses Buches begonnen habe, das heißt auf die Raison d'Être dieser Memoiren, die keine sind. Und ich weiß immer weniger, wie ich mich ausdrücken soll.

Ich habe einmal in der Zeitung gelesen, dass Anatole France, der doch gewiss ein intelligenter Mann war und Sinn für Ironie besaß, nachdem er dem Maler van Dongen Porträt gesessen hatte, das Bild nicht nur nicht mehr haben wollte, sondern sogar verbot, es öffentlich auszustellen.

Etwa zur gleichen Zeit hat eine berühmte Schauspielerin einen aufsehenerregenden Prozess gegen einen Karikaturisten angestrengt, der sie so abstoßend dargestellt hatte, dass sie um ihre Karriere fürchtete.

Ich bin weder Mitglied der Académie noch ein prominenter Schauspieler. Und für sonderlich empfindlich halte ich mich auch nicht. Seit ich bei der Polizei bin, habe ich niemals eine Richtigstellung an die Presse geschickt, obwohl man meine Arbeit oder meine Methoden oft genug scharf kritisiert hat.

Nur wenige lassen sich heute noch von einem Maler porträtieren, aber jeder hat seine Erfahrungen mit Fotografen gemacht. Und es wird wohl niemanden geben, der nicht dieses Unbehagen kennt, das man beim Anblick des eigenen Bildes empfindet, wenn es der Wirklichkeit nicht ganz entspricht.

Versteht man, was ich sagen will? Ich schäme mich fast, dies zu betonen, schließlich rühre ich hier an einen entscheidenden, hochsensiblen Punkt und habe – was selten der Fall ist – plötzlich Angst, mich lächerlich zu machen.

Ich glaube, es wäre mir ziemlich gleichgültig, wenn man mich völlig anders darstellte, als ich in Wirklichkeit bin, selbst wenn es einer Verleumdung nahekäme.

Ich komme noch einmal auf den Vergleich mit der Fotografie zurück. Das Objektiv lässt große Abweichungen nicht zu. Das Bild ist anders als die Wirklichkeit und doch wieder nicht. Wenn einem ein Abzug vorgelegt wird, vermag man oft nicht, den Finger auf die Einzelheit zu legen, die einen irritiert, oder zu sagen, was genau einem fremd erscheint.

So ist es mir jahrelang mit Simenons Maigret ergangen, den ich jeden Tag neben mir größer werden sah, sodass man mich schließlich allen Ernstes fragte, ob ich seine Ticks kopiert hätte, ob mein Name wirklich mein Familienname sei oder ob ich ihn mir nicht von dem Schriftsteller geborgt hätte.

Ich habe, so gut ich es vermochte, zu erklären versucht, wie harmlos das Ganze begonnen hat. Die Folgen waren nicht abzusehen.

Dass der Mann, den mir der gute Xavier Guichard in seinem Büro vorgestellt hatte, fast noch ein Jüngling war, hat mich nicht misstrauisch gemacht.

Aber einige Monate später saß ich in einem Räderwerk fest, aus dem ich nie wieder herausgekommen bin, und auch diese Seiten, die ich jetzt vollschmiere, werden mich nie ganz daraus befreien.

»Worüber beklagen Sie sich? Sie sind berühmt!«

Ich weiß. Ich weiß. Das sagen jene, die so etwas nie durchgemacht haben. Ich gebe sogar zu, dass es in gewissen Augenblicken und unter gewissen Umständen nicht unangenehm ist. Nicht nur, weil es die Eigenliebe befriedigt. Oft aus ganz praktischen Gründen. Und sei es, dass man in einem Zug oder in einem überfüllten Restaurant einen guten Platz bekommt und nirgends Schlange stehen muss.

Viele Jahre lang habe ich nicht dagegen protestiert, ebenso wenig wie ich je eine Richtigstellung an die Zeitungen geschickt habe. Ich will jetzt nicht plötzlich behaupten, dass ich innerlich gekocht und mich nur mit Mühe und Not beherrscht hätte.

Das wäre übertrieben. Und Übertreibungen sind mir zuwider.

Trotzdem habe ich mir geschworen, eines Tages ruhig, ohne Ärger und ohne Groll zu sagen, was ich zu sagen habe, um die Dinge damit ein für allemal klarzustellen.

Und dieser Tag ist nun gekommen.

Warum *Memoiren*? Ich bin nicht dafür verantwortlich, wie ich noch einmal betonen möchte. Der Titel stammt nicht von mir.

Tatsächlich handelt es weder von Mestorino noch Landru, noch dem Anwalt aus dem Massif Central, der seine Opfer beseitigte, indem er sie in eine mit ungelöschtem Kalk gefüllte Badewanne legte.

Es geht nur darum, eine Person mit einer Person, eine Wahrheit mit einer Wahrheit zu konfrontieren.

Sie werden gleich sehen, was gewisse Leute unter »Wahrheit« verstehen.

Es war ganz zu Beginn, zu jener Zeit, da der anthropometrische Ball und weitere mehr oder weniger spektakuläre und geschmackvolle Veranstaltungen anlässlich der Premiere der ersten beiden »Maigrets«, wie man schon damals sagte, ausgerichtet wurden: *Maigret und der Gehängte von Saint-Pholien* und *Maigret und der verstorbene Monsieur Gallet*.

Ich will nicht verschweigen, dass ich beide Bücher sofort gelesen habe.

Und ich sehe Simenon noch vor mir, wie er am nächsten Morgen in mein Büro kommt. Er wirkte noch selbstzufriedener als sonst, noch selbstsicherer, wenn das überhaupt möglich war. Dennoch lag eine leise Unruhe in seinem Blick.

»Ich weiß schon, was Sie mir sagen werden«, sagte er, als ich den Mund aufmachte.

Und während er auf und ab ging, erklärte er:

»Mir ist durchaus bewusst, dass diese Bücher vor sachlichen Ungenauigkeiten nur so strotzen. Unnütz, sie alle aufzuzählen. Sie sollen aber wissen, dass sie gewollt sind, und ich werde Ihnen auch den Grund dafür nennen.«

Ich kann mich nicht mehr an seine ganze Rede erinnern, aber den wichtigsten Satz – den er übrigens später noch oft mit einer nahezu sadistischen Befriedigung wiederholt hat – habe ich mir eingeprägt:

»Die Wahrheit wirkt niemals wahr. Ich spreche nicht nur von der Literatur oder von der Malerei. Ich will auch nicht auf die dorischen Säulen hinweisen, die uns völlig senkrecht erscheinen, diesen Eindruck aber nur erwecken, weil sie leicht gekrümmt sind. Wären sie wirklich gerade, würden wir sie als krumm wahrnehmen, verstehen Sie?«

Zu jener Zeit stellte er noch gerne seine Bildung zur Schau.

»Erzählen Sie irgendjemandem irgendeine Geschichte. Wenn Sie sie nicht frisieren, wird man sie unglaubwürdig und unecht finden. Aber wenn Sie sie frisieren, wird sie echter wirken, als sie eigentlich ist.«

Er schmetterte diese letzten Worte hinaus, als handelte es sich dabei um eine sensationelle Entdeckung.

»Etwas echter machen, als es ist, das ist die ganze Kunst. Und genau das habe ich getan: Sie echter gemacht.«

Ich war sprachlos. Ich armer Kommissar, der ich war, also »unechter, als ich war«, wusste einfach nicht, was ich darauf antworten sollte. Mit vielen Gesten und seinem leicht belgischen Akzent setzte er mir auseinander, dass meine Ermittlungen, so wie er sie erzählt habe, plausibler seien – vielleicht hat er sogar »exakter« gesagt –, als ich sie durchgeführt hätte.

Schon bei unseren ersten Begegnungen im Herbst hatte es ihm nicht an Selbstvertrauen gemangelt. Nun, dank seines Erfolgs, platzte er fast vor Selbstgewissheit. Allen scheuen Menschen dieser Welt hätte er davon abgeben können.

»Hören Sie mir gut zu, Kommissar …« Er hatte sich angewöhnt, auf den Monsieur zu verzichten. »Bei einer Ermittlung machen manchmal fünfzig, wenn nicht noch mehr Männer Jagd auf den Täter.

Nicht nur Sie und Ihre Inspektoren verfolgen eine Spur. Die Polizei und die Gendarmerie des ganzen Landes sind alarmiert. Man überwacht die Bahnhöfe, die Häfen, die Grenzen. Ganz zu schweigen von den Spitzeln und vor allem den Amateuren, die sich ebenfalls beteiligen.

Versuchen Sie mal, auf zweihundert oder zweihundertfünfzig Seiten ein halbwegs wirklichkeitsgetreues Bild dieses Gewimmels zu zeichnen! Selbst eine groß angelegte Chronik würde nicht ausreichen. Schon nach einigen Kapiteln würde der Leser das Buch entmutigt beiseitelegen, weil er sich einfach nicht darin zurechtfände und alles durcheinanderbrächte.

Aber wie ist es in Wirklichkeit? Wer verhindert da ein solches Durcheinander? Wer ist es, der jeden Morgen wieder jeden Einzelnen an seinen Platz stellt und die Fäden in der Hand behält?«

Er blickte mich triumphierend an.

»Sie sind es, und das wissen Sie genau. Derjenige, der die Ermittlungen leitet. Ich weiß sehr wohl, dass ein Kommissar der Kriminalpolizei nicht selbst durch die Straßen läuft, um die Concierges und Gastwirte zu verhören.

Ich weiß ebenso, dass Sie außer in Ausnahmefällen nicht Ihre Nächte damit verbringen, bei Regen auf verlassenen Straßen Wache zu stehen und darauf warten, dass hinter einem bestimmten Fenster ein Licht angeht oder eine bestimmte Tür sich einen Spalt breit öffnet.

Trotzdem ist es genauso, als wären Sie selbst vor Ort, nicht wahr?«

Was sollte ich darauf antworten? Von einem gewissen Standpunkt aus gesehen war es logisch.

»Also Vereinfachung! Wesentlich an einer Wahrheit ist, dass sie einfach ist. Und ich habe vereinfacht. Ich habe die Ermittlungen auf das Nötigste beschränkt, ohne dass sich dadurch am Ergebnis das Geringste geändert hätte.

Wo fünfzig mehr oder weniger anonyme Inspektoren herumwimmelten, habe ich mich auf drei oder vier beschränkt, die einen ausgeprägten Charakter haben.«

Ich versuchte einzuwenden:

»Das wird die anderen nicht gerade freuen.«

»Ich schreibe nicht für ein paar Dutzend Kriminalbeamte. Wenn man ein Buch über Lehrer schreibt, verärgert man zwangsläufig Tausende von Lehrern. Und genauso wäre es, wenn man über Bahnhofsvorsteher oder Stenotypistinnen schriebe. Wo waren wir stehen geblieben?«

»Bei den verschiedenen Arten von Wahrheit.«

»Ich wollte Ihnen beweisen, dass meine die einzig wahre ist. Wollen Sie noch ein weiteres Beispiel haben? Man braucht nicht so viele Tage in diesem Haus verbracht zu haben wie ich, um zu wissen, dass die Kriminalpolizei als Teil der Präfektur lediglich im Großraum Paris und nur in Ausnahmefällen im Seine-Departement tätig werden kann. Aber in *Maigret und der verstorbene Monsieur Gallet* berichte ich von einer Untersuchung im Landesinneren.

Sind Sie dort gewesen, ja oder nein?«

Natürlich war ich dort gewesen.

»Ich bin hingefahren, ja, aber damals …«

»Damals waren Sie bei der Sûreté Nationale. Warum den Leser mit solchen formalen Petitessen verwirren?

Muss man bei jeder Ermittlung zu Beginn erklären: Dies ereignete sich in jenem Jahr, als Maigret in der und der Abteilung tätig war? Lassen Sie mich ausreden …«

Er folgte einem Gedanken und wusste, dass er jetzt an eine Schwachstelle gelangen würde.

»Sind Sie Ihren Gewohnheiten, Ihrer Haltung, Ihrem Charakter nach eher ein Mann vom Quai des Orfèvres oder eher einer von der Rue des Saussaies?«

Ich bitte meine Kollegen von der Sûreté Nationale, unter denen ich viele Freunde habe, um Entschuldigung, aber ich verrate wohl nichts Neues, wenn ich zugebe, dass zwischen den beiden Häusern eine gewisse Rivalität herrscht, um es vorsichtig auszudrücken.

Geben wir auch zu, was Simenon von Anfang an

begriffen hatte, dass es in jener Zeit zwei ziemlich verschiedene Typen von Polizeibeamten gab.

Die in der Rue des Saussaies, die dem Innenminister unmittelbar unterstehen, sind mehr oder weniger gezwungen, sich mit politischen Angelegenheiten zu befassen. Ich beneide sie nicht darum, mir ist es sogar lieb, nichts damit zu tun zu haben.

Unser Aufgabengebiet am Quai des Orfèvres ist vielleicht beschränkter, alltäglicher. Wir befassen uns mit Missetätern jeglicher Art, mit allem, was das Wort »Polizei« oder genauer »Kriminalpolizei« einschließt.

»Sie werden zugeben, Sie sind ein Mann vom Quai. Und Sie sind stolz darauf. Nun, ich habe aus Ihnen einen Mann vom Quai gemacht. So wie er leibt und lebt. Muss ich wegen ein paar Kleinigkeiten dieses Bild verwischen, nur weil Sie einen Genauigkeitsfimmel haben? Muss ich erklären, dass Sie in dem und dem Jahr aus komplizierten Gründen vorübergehend an anderer Stelle tätig waren und deswegen an allen Ecken und Enden des Landes ermitteln konnten?«

»Aber …«

»Einen Augenblick. An dem Tag, an dem ich Sie kennenlernte, habe ich Ihnen gesagt, ich sei kein Journalist, sondern Schriftsteller, und ich erinnere mich daran, dass ich Monsieur Guichard versprochen habe, dass meine Bücher keinerlei Indiskretionen enthalten würden, die der Kriminalpolizei Schwierigkeiten bereiten würden.«

»Ich weiß, aber …«

»Verflucht noch mal, lassen Sie mich doch ausreden, Maigret.«

Es war das erste Mal, dass er mich so nannte. Und es war das erste Mal, dass dieses Bürschchen mir den Mund verbot.

»Ich habe die Namen geändert, außer dem Ihren und denen von zwei oder drei Ihrer Mitarbeiter. Ich habe mit Sorgfalt die Örtlichkeiten verändert und, zur Sicherheit, sogar die Familienverhältnisse der einzelnen Personen vertauscht.

Ich habe alles vereinfacht. Manchmal bleibt nur ein Verhör übrig, wo Sie vier oder fünf durchgeführt haben. Und manchmal gibt es nur zwei oder drei Fährten, wo Sie zunächst zehn verfolgt haben.

Ich behaupte, ich habe damit recht, und meine Wahrheit ist die richtige. Ich habe Ihnen einen Beweis dafür mitgebracht.«

Er deutete auf einen Stapel Bücher, die er beim Hereinkommen auf meinen Schreibtisch gelegt und die ich nicht weiter beachtet hatte.

»Diese Bücher über die Polizeiarbeit der vergangenen zwanzig Jahre sind von Spezialisten geschrieben worden. Lauter wahre Geschichten. Die Art von Wahrheit, die Sie so gern haben. Lesen Sie sie. Die meisten Ermittlungen, von denen diese Bücher berichten, sind Ihnen bekannt. Aber ich wette, Sie werden sie nicht wiedererkennen, gerade weil das Bemühen um Objektivität die Wahrheit, die immer einfach ist, ja einfach sein muss, verfälscht. Und jetzt …«

Nun gut, ich will es lieber gleich gestehen: In diesem Augenblick wurde mir klar, wo mich der Schuh drückte.

Natürlich! Er hatte tatsächlich in allen Punkten recht. Auch mir war gleichgültig, ob er die Zahl der Inspektoren reduzierte, mich ganze Nächte an ihrer Stelle im Regen verbringen ließ und absichtlich oder nicht, die Sûreté mit der Kriminalpolizei vermengt hatte.

Was mich eigentlich schockierte und was ich mir noch nicht eingestehen wollte, war …

Gott, wie schwierig das ist!

Erinnern Sie sich, was ich von dem Mann gesagt habe, der sein Foto betrachtet?

Nehmen wir nur ein Detail: die Sache mit dem Hut. Mag sein, dass ich mich lächerlich mache, aber ich muss gestehen, dass dieses idiotische Detail mir besonders zugesetzt hat.

Als der junge Sim zum ersten Mal am Quai des Orfèvres erschien, lag eine Melone in meinem Schrank, aber ich trug sie nur sehr selten: bei Beerdigungen oder offiziellen Anlässen.

Zufällig hing in meinem Büro ein vor Jahren auf

44

irgendeinem Kongress aufgenommenes Foto, das mich mit dieser verfluchten Melone zeigte.

Deswegen kommt es noch heute vor, dass Leute, denen ich vorgestellt werde und die mich nie zuvor gesehen haben, zu mir sagen:

»Ach, Sie tragen ja jetzt einen anderen Hut.«

Und was den berühmten Mantel mit dem Samtkragen betrifft, so hat sich Simenon zwar nicht mit mir, aber mit meiner Frau auseinandersetzen müssen.

Ich habe einen besessen, ich gebe es zu. Ich habe sogar mehrere solcher Mäntel gehabt, wie alle meine Zeitgenossen. Und vielleicht habe ich um das Jahr 1927 herum, an einem eisig kalten oder verregneten Tag, einen dieser alten Mäntel aus dem Schrank geholt.

Ich bin nicht eitel. Eleganz ist mir ziemlich einerlei. Aber vielleicht graut mir gerade deswegen davor aufzufallen. Und mein kleiner jüdischer Schneider in der Rue de Turenne ist ebenso wenig darauf erpicht, dass man sich auf der Straße nach mir umdreht.

»Ist es meine Schuld, wenn ich Sie so sehe?«, hätte mir Simenon antworten können, wie der Maler, der sein Modell mit einer schiefen Nase oder schielenden Augen darstellt.

Nur hat jenes Modell nicht sein Leben lang sein Porträt vor Augen, und es gibt nicht Tausende von

Leuten, die nun glauben, es habe eine schiefe Nase oder schiele.

Das alles habe ich ihm an jenem Morgen nicht gesagt. Den Blick schamhaft abgewandt, fragte ich bloß:

»War es unerlässlich, auch *mich* so zu vereinfachen?«

»Aber ja, zu Beginn! Das Publikum muss sich an Sie, an Ihre Silhouette, an Ihren Gang gewöhnen. Vielleicht sollte ich es so sagen: Bis jetzt sind Sie nur Silhouette, ein Rücken, eine Pfeife, ein Grummeln ...«

»Vielen Dank.«

»Die Details werden erst allmählich hervortreten, Sie werden sehen. Ich weiß nicht, wie lange es dauern wird. Ihr Leben wird sich allmählich nuancierter und vielschichtiger gestalten.«

»Das ist ja sehr beruhigend.«

»Bislang zum Beispiel haben Sie noch kein Familienleben, obwohl der Boulevard Richard-Lenoir und Madame Maigret ja zumindest die Hälfte Ihres Lebens ausmachen. Sie haben erst ein Mal zu Hause angerufen, aber man wird Sie dort schon noch antreffen.«

»In Morgenrock und Pantoffeln?«

»Sogar im Bett.«

»Ich trage Nachthemden«, sagte ich ironisch.

»Ich weiß. Das passt zu Ihnen. Selbst wenn Sie

Pyjamas trügen, würde ich Sie in ein Nachthemd stecken.«

Ich frage mich, wie dieses Gespräch geendet hätte – wahrscheinlich mit einem heftigen Streit –, wäre mir nicht gemeldet worden, dass der kleine Spitzel aus der Rue Pigalle mich sprechen wolle.

»Sie sind also mit sich zufrieden«, sagte ich zu Simenon, als er mir die Hand reichte.

»Noch nicht, aber das kommt noch.«

Hätte ich ihm verbieten können, fortan meinen Namen zu benutzen? Dem Gesetz nach, ja. Aber dann wäre es zu einem dieser typischen »Pariser Prozesse« gekommen, der mich der Lächerlichkeit preisgegeben hätte.

Die Figur hätte einen anderen Namen bekommen. Trotzdem wäre sie ich geblieben oder, genauer gesagt, jenes vereinfachte Ich, das, wenn man dem Autor Glauben schenken wollte, allmählich vielschichtiger werden würde.

Am schlimmsten war, dass der Kerl sich nicht täuschte und dass ich Jahr um Jahr monatlich in einem Buch, dessen Umschlag ein Foto zierte, einen Maigret finden sollte, der mich mehr und mehr imitierte.

Wenn es doch bei den Büchern geblieben wäre! Aber es kamen noch Film und Radio und später das Fernsehen hinzu.

Es ist ein merkwürdiges Gefühl, auf der Leinwand jemanden kommen und gehen, sprechen und sich schnäuzen zu sehen, der vorgibt, man selbst zu sein, der sich gewisse Ticks ausborgt, Sätze sagt, die man genauso in ähnlichen Umständen gesagt hat, und all das in einem Ambiente, das bisweilen exakt rekonstruiert worden ist.

Der erste Leinwand-Maigret, Pierre Renoir, schien ja noch halbwegs glaubwürdig. Ich war etwas größer und schlanker geworden. Das Gesicht war natürlich ein anderes, aber gewisse Gesten waren so frappierend echt, dass ich den Schauspieler in Verdacht habe, mich heimlich beobachtet zu haben.

Einige Monate später schrumpfte ich um zwanzig Zentimeter, und was ich an Größe verlor, gewann ich an Umfang. Mit Abel Tarride wurde ich auf einmal zu einem gutmütigen Fettsack, der aussah wie ein aufgeblasenes Gummitier, das jeden Moment zur Decke fliegen kann. Ganz zu schweigen von dem vielsagenden Zwinkern, das meine raffinierten Einfälle so richtig in Szene setzte!

Ich bin nicht bis zum Ende des Films geblieben, aber meine Leiden waren damit nicht zu Ende.

Harry Baur war bestimmt ein ausgezeichneter Schauspieler, aber zu jener Zeit gut zwanzig Jahre älter als ich. Und die Miene, die er aufsetzte, war ebenso milde wie tragisch.

Aber lassen wir das!

Nachdem ich also um zwanzig Jahre gealtert war, wurde ich, viel später, um fast zwanzig Jahre verjüngt, als mich ein gewisser Préjean darstellte. Ich habe ihm nichts vorzuwerfen – zumindest nicht mehr als den anderen –, außer, dass er mehr den jungen Inspektoren von heute ähnelt als denen meiner Generation.

Erst vor Kurzem hat man mich wieder einmal dick werden lassen, zum Platzen dick, und zugleich musste ich in Charles Laughtons Gestalt so fließend Englisch sprechen, als wäre es meine Muttersprache.

Nun gut, unter all den Schauspielern hat es wenigstens einen gegeben, der daran Gefallen gefunden hat, Simenon zu hintergehen und meine Wahrheit für die echtere zu halten: Pierre Renoir. Er hat sich keine Melone auf den Kopf gesetzt, sondern einen ganz gewöhnlichen Hut und sich im Übrigen so angezogen wie irgendein Beamter, ob er nun von der Polizei ist oder nicht.

Ich merke, ich habe bis jetzt nur von belanglosen Details gesprochen, einem Hut, einem Mantel, einem Kohleofen. Wahrscheinlich weil mir diese Details als Erstes aufgestoßen sind.

Man wundert sich nicht darüber, dass man erst zum Mann und dann zum Greis wird. Seltsam, dass man sich nicht mehr erkennt, nur weil einem der Schnurrbart gestutzt wurde.

Die Wahrheit ist, dass ich hier erst einmal das hinter mich bringen möchte, was ich gleichsam als kleine Schwächen betrachte, ehe ich die beiden Protagonisten ganz grundsätzlich aufeinandertreffen lasse.

Wenn Simenon recht hat – und das ist durchaus möglich –, dann wird meine Wahrheit neben seiner berühmten vereinfachten – oder frisierten – blass und wunderlich wirken und ich als Nörgler dastehen, der an seinem Porträt herumwerkelt.

Jetzt, da ich mit der Kleidung begonnen habe, muss ich damit fortfahren, und sei es nur meines Seelenfriedens wegen.

Simenon hat mich kürzlich gefragt – übrigens ist er auch nicht mehr der Jungspund, den ich bei Xavier Guichard kennenlernte –, Simenon hat mich also gefragt und zwar mit reichlich spöttischem Blick:

»Und? Was ist mit dem neuen Maigret?«

Ich habe versucht, ihm in seinen eigenen Worten zu antworten.

»Er nimmt allmählich Gestalt an. Bislang ist er allerdings nicht mehr als eine Silhouette. Ein Hut. Ein Mantel. Aber es ist sein echter Hut und sein echter Mantel! Das Übrige kommt wohl noch hinzu, Arme, Beine, ein Gesicht. Vielleicht wird er sogar von allein zu denken beginnen, ohne dass ein Romancier ihm dabei hilft.«

Simenon ist übrigens jetzt fast so alt, wie ich es war, als wir uns zum ersten Mal begegneten. Damals sah er in mir einen reifen, insgeheim wohl schon einen alten Mann.

Ich habe ihn nicht gefragt, wie er heute darüber denkt, aber eine kleine Bemerkung konnte ich mir nicht verkneifen:

»Wissen Sie, dass Sie sich mit den Jahren angewöhnt haben, so zu gehen und so Ihre Pfeife zu rauchen, ja sogar so zu sprechen wie *Ihr* Maigret?«

So ist es nämlich, und das bereitet mir ein süßes Gefühl der Genugtuung.

Mir scheint, nach all der Zeit macht er Anstalten, sich für mich zu halten!

3

Wo ich mich anschicke,
von einem bärtigen Doktor
zu berichten, der Einfluss auf
mein Familienleben genommen hat
und vielleicht auch auf
meine Berufswahl

Ich weiß nicht, ob ich jetzt den richtigen Ton treffe,
denn ich habe heute Morgen bereits viele Seiten,
die ich geschrieben hatte, eine nach der anderen
zerrissen und in den Papierkorb geworfen.

Und gestern Abend war ich nahe daran, das
Schreiben ganz aufzugeben.

Während meine Frau las, was ich am Tag geschrieben hatte, beobachtete ich sie, tat aber so, als wäre
ich wie üblich in meine Zeitung vertieft. Plötzlich
schien sie ein überraschtes Gesicht zu machen. Von
da an warf sie mir immer wieder erstaunte, fast be-
kümmerte Blicke zu.

Nachdem sie ihre Lektüre beendet hatte, legte sie
das Manuskript schweigend in die Schublade zurück, und es dauerte eine ganze Weile, ehe sie in
bemüht leichtem Ton sagte:

»Man könnte denken, du magst ihn nicht.«

Ich brauchte sie nicht zu fragen, wen sie meinte. Jetzt war es an mir, sie erstaunt anzublicken.

»Was redest du da?«, rief ich. »Seit wann ist Simenon nicht mehr unser Freund?«

»Ja, gewiss ...«

Ich überlegte, was ihr durch den Kopf gehen könnte, und versuchte mich zu erinnern, was ich geschrieben hatte.

»Ich täusche mich vielleicht«, fügte sie hinzu. »Ich täusche mich bestimmt, da du es sagst. Aber beim Lesen mancher Stellen hatte ich den Eindruck, du wolltest deine Rachegelüste stillen. Versteh mich richtig. Keine offensichtlichen, zu denen man sich laut bekennt, vielmehr etwas Verborgenes, etwas ...«

Sie sprach das Wort nicht aus, ich tat es für sie:

»Hinterhältiges ...«

Aber, bei Gott, nichts hätte mir ferner gelegen. Ich habe nicht nur die herzlichsten Beziehungen zu Simenon unterhalten, er ist auch bald ein Freund der Familie geworden, und unsere seltenen Sommerreisen haben uns fast überall dorthin geführt, wo er wohnte, als er noch in Frankreich lebte: ins Elsass, nach Porquerolles, nach Charente, in die Vendée, um nur einige seiner Domizile zu nennen. Vielleicht habe ich unlängst sogar nur deshalb die Einladung zu einer halboffiziellen Rundreise durch die Vereinigten Staaten angenommen, weil ich wusste, dass ich ihn in Arizona treffen würde, wo er zu dieser Zeit lebte.

»Ich schwöre dir ...«, begann ich feierlich.

»Ich glaube dir. Aber die Leser werden dir vielleicht nicht glauben.«

Das ist mein Fehler, davon bin ich überzeugt. Ich bin es nicht gewohnt, mich ironisch auszudrücken, und stelle mich bestimmt nicht sehr geschickt an. Dabei habe ich mit allen Mitteln versucht, ein delikates, meinem Selbstwertgefühl nicht eben zuträgliches Thema mit Leichtigkeit anzugehen.

Was ich versuche, ist im Grunde nichts weiter, als ein Bild mit einem anderen Bild, eine Person nicht mit ihrem Schatten, sondern mit ihrem Doppelgänger in Einklang zu bringen. Und Simenon war der Erste, der mich darin ermutigt hat.

Zur Beruhigung meiner Frau, die ihren Freunden nahezu fanatisch die Treue hält, möchte ich hinzufügen, dass Simenon, wie ich es gestern schon mit anderen Worten gesagt habe, nämlich im Scherz, nichts mehr von dem jungen Mann hat, dessen aggressive Selbstsicherheit mir manchmal auf die Nerven ging, dass er, im Gegenteil, jetzt ziemlich schweigsam ist, dass er, vor allem über Dinge, die ihm am Herzen liegen, nur zögernd spricht, sich davor fürchtet, etwas zu behaupten, und, wie ich schwören möchte, nach meiner Zustimmung sucht.

Werde ich ihn jetzt noch aufziehen können? Ein ganz klein wenig, trotz allem, es wird bestimmt das letzte Mal sein. Die Gelegenheit ist zu schön, ich kann sie nicht verstreichen lassen.

In den etwa vierzig Büchern, die er meinen Ermittlungen gewidmet hat, finden sich wahrscheinlich an die zwanzig Anspielungen auf meine Herkunft, meine Familie, meinen Vater und seinen Beruf als Schlossverwalter, auf das Gymnasium in Nantes, das ich ein paar Jahre lang besuchte, und wenige knappe Hinweise auf mein zweijähriges Studium der Medizin.

Derselbe Mann hat fast achthundert Seiten gebraucht, um seine eigene Kindheit bis zu seinem sechzehnten Lebensjahr zu schildern. Es spielt dabei keine Rolle, dass er es in Form eines Romans getan hat und ob die Figuren wahrheitsgemäß geschildert sind oder nicht. Er hat geglaubt, sein Held werde nur dann ein Mensch aus Fleisch und Blut, wenn er ihm seine Eltern und Großeltern, seine Onkel und Tanten zur Seite stellt, deren Schrullen und Krankheiten, deren kleine Laster und Nöte er ausbreitet; selbst dem Hund der Nachbarin wird eine halbe Seite zugestanden.

Ich nehme es ihm nicht übel und erwähne es nur, um mich schon jetzt indirekt gegen den möglichen Vorwurf zu verteidigen, dass ich mich zu ausführlich über die Meinen auslasse.

Ein Mensch ohne Vergangenheit ist für mich kein ganzer Mensch. Bei meinen Ermittlungen habe ich manchmal der Familie und Umgebung eines Verdächtigen mehr Zeit gewidmet als dem Verdächtigen selbst. Oft habe ich so den Schlüssel zu einem Geheimnis gefunden, das sonst vielleicht verborgen geblieben wäre.

Simenon hat geschrieben, ich sei in Mittelfrankreich geboren, unweit von Moulins, und das stimmt. Aber ich erinnere mich nicht, dass er je erwähnt hat, dass das Schloss, das mein Vater verwaltete, dreitausend Hektar umfasste und sechsundzwanzig Pachthöfe dazugehörten.

Mein Großvater, den ich noch gekannt habe, war einer dieser Pächter gewesen, aber schon vor ihm haben mindestens drei Generationen von Maigrets dasselbe Land bestellt.

Mein Vater war noch ein Kind, als fünf oder sechs seiner Geschwister bei einer Typhusepidemie starben. Nur er und eine Schwester – die später einen Bäcker heiratete und nach Nantes zog – sind am Leben geblieben.

Warum hat mein Vater das Gymnasium in Moulins besucht und dadurch mit einer altehrwürdigen Tradition gebrochen? Ich habe allen Grund zu glauben, dass der Pfarrer des Dorfes sich für ihn eingesetzt hat. Doch es war kein Bruch. Nach zwei Jahren an einer Landwirtschaftsschule kehrte er ins Dorf zurück und trat als Hilfsverwalter in die Dienste der Schlossherrschaft ein.

Es geniert mich immer ein bisschen, von ihm zu sprechen. Ich habe nämlich das Gefühl, die Leute könnten meinen, ich sähe meine Eltern noch so, wie ich sie als Kind gesehen habe.

Und ich habe mich lange gefragt, ob ich mich nicht täusche, ob ich nicht kritischer sein müsste.

Aber ich bin anderen Männern wie ihm begegnet, vor allem in seiner Generation, die fast alle der gleichen sozialen Schicht angehörten, die man als Mittelschicht bezeichnen könnte.

Für meinen Großvater waren die Leute vom Schloss, ihre Rechte, ihre Privilegien, ihr Verhalten kein Gesprächsstoff. Was er im Stillen über sie dachte, habe ich nie erfahren. Ich war noch jung, als er starb. Trotzdem bin ich davon überzeugt, wenn ich an bestimmte Blicke und besonders an sein Schweigen denke, dass er diese Dinge nicht einfach hinnahm, sondern seine Haltung im Gegenteil einem gewissen Stolz und vor allem einem stark entwickelten Pflichtgefühl entsprang.

Und dieses Pflichtgefühl lebte in jenen Männern, wie mein Vater einer war, fort, verbunden mit Reserviertheit und tief empfundenem Anstand, die den Anschein von Resignation erwecken mochten.

Ich sehe ihn noch deutlich vor mir, besitze mehrere Fotografien von ihm. Er war sehr groß und sehr mager, und seine Magerkeit wurde noch durch enge Hosen betont und Ledergamaschen, die ihm bis zu den Knien reichten. Ich habe meinen Vater immer in Ledergamaschen gesehen. Sie waren gewissermaßen seine Uniform. Er hatte einen langen rotblonden Schnurrbart, und wenn er im Winter heimkam und mich zur Begrüßung küsste, spürte ich die kleinen Eiskristalle darin.

Unser Haus stand im Schlosshof, ein hübsches zweistöckiges Haus aus rosa Ziegeln, das die niedrigen Gebäude überragte, in denen die Familien der Diener, Stallknechte, Flurschützen wohnten, deren Frauen zumeist als Wäscherinnen, Näherinnen oder Küchenmädchen im Schloss arbeiteten.

Auf diesem Hof war mein Vater eine Art Souverän. Die Männer nahmen respektvoll die Mütze ab, wenn sie mit ihm sprachen.

Ungefähr einmal wöchentlich fuhr er bei Einbruch der Dunkelheit, manchmal auch früher, in einem zweirädrigen Wagen mit einem oder mehreren Pächtern zu irgendeinem Markt, um Vieh zu kaufen oder zu verkaufen. Meistens kam er erst am Abend des nächsten Tages zurück.

Sein Büro befand sich in einem anderen Gebäude. An den Wänden hingen Fotos von prämierten Ochsen und Pferden, ein Marktkalender und fast immer die schönste Garbe der letzten Getreideernte, die im Laufe des Jahres allmählich vertrocknete.

Gegen zehn Uhr ging er über den Hof und betrat eine andere Welt. Er schritt um die Vorbauten herum, gelangte zur Freitreppe, auf die kein Bauer je seinen Fuß setzte, und verschwand hinter den dicken Mauern des Schlosses.

Es war für ihn im Grunde das, was für uns bei der Kriminalpolizei der Rapport ist, und als Kind war ich sehr stolz, ihn aufrecht und ohne eine Spur von Unterwürfigkeit die Stufen der prächtigen Treppe hinaufgehen zu sehen.

Er sprach wenig und lachte selten, und wenn es doch einmal geschah, war man überrascht, wie jungenhaft, ja, fast kindlich sein Lachen war und dass er sich über die harmlosesten Scherze amüsieren konnte.

Im Gegensatz zu den meisten Leuten, die ich kannte, trank er nicht. Zu jeder Mahlzeit stellte man ihm eine kleine Karaffe auf den Tisch, die für ihn allein bestimmt und mit einem sehr leichten, auf dem Gut gewachsenen Wein gefüllt war. Ich habe ihn nie etwas anderes trinken sehen, auch nicht auf Hochzeiten oder Beerdigungen. Wenn er auf seinen Fahrten zum Markt in einem Gasthaus einkehren musste, setzte man ihm eine Tasse Kaffee vor, denn Kaffee trank er für sein Leben gern.

In meinen Augen war er ein Mann, sogar schon ein älterer Mann. Ich war fünf Jahre alt, als mein Großvater starb. Meine Großeltern mütterlicher-

seits wohnten mehr als fünfzig Kilometer entfernt, und wir besuchten sie nur zweimal im Jahr,
ich kannte sie also kaum. Sie waren keine Bauern,
sondern besaßen in einem hübschen Örtchen ein
Lebensmittelgeschäft, dem eine kleine Gastwirt-
schaft angeschlossen war, wie es auf dem Land oft
der Fall ist.

Heute würde ich fast behaupten, dass wir deshalb
keine engeren Beziehungen zu ihnen unterhielten.

Ich war noch keine acht Jahre alt, als ich merkte,
dass meine Mutter schwanger war. Durch zufällig
aufgeschnappte Bemerkungen und allerlei Geflüs-
ter ist mir klar geworden, dass es sich wohl um ein
unerwartetes Ereignis handelte. Nach meiner Geburt hatten die Ärzte erklärt, dass weitere Schwan-
gerschaften unwahrscheinlich seien.

Das alles habe ich mir später Stück für Stück rekonstruiert, wie es sich vermutlich mit allen Kind-
heitserinnerungen verhält.

Zu jener Zeit gab es im Nachbardorf, das größer
war als das unsere, einen Arzt mit einem rötlichen
Spitzbart namens Gadelle – Victor Gadelle, wenn
ich mich nicht täusche –, von dem man meist mit
geheimnisvoller Miene sprach. Vielleicht lag es an
seinem Bart, vielleicht auch an all den Dingen, die
man sich über ihn erzählte, dass ich ihn für einen
Teufel hielt.

In seinem Leben hat es eine Tragödie gegeben,

eine echte Tragödie, die erste, von der ich erfahren habe und die mich umso tiefer beeindruckte, als sie auch auf meine Familie einen starken Einfluss hatte und damit auf mein Leben.

Gadelle trank. Er trank mehr als irgendein Bauer in der Gegend, nicht nur hin und wieder, sondern Tag für Tag, von morgens bis abends. Er trank so viel, dass er einen Alkoholdunst ausströmte, von dem mir immer übel wurde.

Außerdem war er sehr ungepflegt. Man kann sogar sagen, er war schmutzig.

Wie konnte er unter diesen Umständen ein Freund meines Vaters sein? Das war für mich ein Rätsel. Und doch kam er oft zu Besuch, um sich mit meinem Vater zu unterhalten; es hatte sich sogar eingebürgert, bei seinem Erscheinen eine kleine Karaffe Schnaps zu holen, die einzig und allein seinetwegen in der Vitrine stand.

Von der ersten Tragödie habe ich damals kaum etwas gewusst. Gadelles Frau war zum sechsten oder siebten Mal schwanger gewesen. Für mich war sie eine alte Frau, obwohl sie wahrscheinlich erst um die vierzig war.

Was ist am Tag der Entbindung geschehen? Gadelle scheint betrunkener als sonst nach Hause gekommen zu sein und weitergetrunken zu haben, während er am Bett seiner Frau auf die Geburt wartete.

Es dauerte ungewöhnlich lange. Man hatte die anderen Kinder zu Nachbarn gebracht. Da es gegen Morgen immer noch nicht so weit war, ging die Schwägerin, die bei Madame Gadelle gewacht hatte, zu sich nach Hause, um nach dem Rechten zu sehen.

Dann hat man Schreie, Lärm und ein aufgeregtes Hin- und Hereilen aus dem Haus des Arztes gehört.

Als man nachsehen ging, saß Gadelle weinend in einer Ecke. Seine Frau war tot. Das Kind ebenfalls.

Und noch lange danach sollte ich Frauen mit empörten oder bestürzten Mienen einander ins Ohr flüstern hören:

»Es war ein Blutbad.«

Monatelang sprachen alle nur noch von dem Fall Gadelle. Wie zu erwarten, bildeten sich zwei Lager.

Manche – und es waren derer viele – fuhren jetzt in die Stadt, was damals einer Expedition glich, um einen anderen Arzt zu konsultieren, während andere, die all das nicht berührte oder deren Vertrauen ungebrochen war, weiterhin den bärtigen Doktor riefen.

Mein Vater hat nie mit mir darüber gesprochen. Ich kann also nur vermuten, was er dachte.

Gadelle, das steht fest, hat nie aufgehört, uns zu besuchen. Er kam weiterhin auf seiner Runde bei uns vorbei, und jedes Mal wurde die berühmte Karaffe mit Goldrand vor ihn hingestellt.

Aber er trank jetzt weniger. Es hieß, man sehe ihn nie mehr betrunken. Eines Nachts wurde er in das entlegenste Pächterhaus zu einer Entbindung gerufen. Alles ging gut. Auf dem Nachhauseweg kam er zu uns, und ich erinnere mich, dass er sehr blass war und mein Vater ihm fest die Hand drückte, was sonst nicht seine Art war, als wollte er Gadelle ermutigen, als wollte er ihm sagen: Sie sehen, man darf die Hoffnung nie fahren lassen.

Denn mein Vater verzweifelte nie an den Menschen. Ich habe ihn niemals ein endgültiges Urteil über jemanden fällen hören. Auch dann nicht, als das schwärzeste Schaf unter den Pächtern, ein aufgeblasener Kerl, dessen Veruntreuungen mein Vater im Schloss hatte melden müssen, ihn irgendwelcher Machenschaften beschuldigte.

Wenn niemand Gadelle nach dem Tod seiner Frau und des Kindes die Hand gereicht hätte, wäre er wohl verloren gewesen. Mein Vater hat es getan, und als meine Mutter schwanger wurde, hat ein gewisses Gefühl, das ich schwer zu erklären vermag, aber verstehe, ihn bewogen, Gadelle die Treue zu halten.

Dennoch hat er Vorsichtsmaßnahmen getroffen. In den letzten Monaten der Schwangerschaft ist er zweimal mit meiner Mutter nach Moulins gefahren, um einen Spezialisten zu konsultieren.

Als es dann so weit war, ist ein Stallknecht mitten in der Nacht davongeritten, um Gadelle zu holen. Ich saß hinter verschlossener Tür in meinem Zimmer und war furchtbar aufgeregt, obwohl ich wie alle Jungen vom Land längst wusste, wie solche Dinge vonstattengehen.

Meine Mutter starb um sieben Uhr morgens, als es zu dämmern begann, und so aufgewühlt ich auch war, als ich hinunterging, mein Blick fiel als Erstes auf die Karaffe auf dem Esstisch.

Ich blieb das einzige Kind. Ein Mädchen aus der Gegend kam ins Haus, um den Haushalt zu besorgen und sich um mich zu kümmern. Ich habe Doktor Gadelle seitdem nie wieder über unsere Schwelle treten sehen, und mein Vater hat nie mehr ein Wort über ihn verloren.

Auf diese Tragödie folgte eine sehr trübe und verworrene Zeit. Ich besuchte die Dorfschule. Mein Vater wurde immer wortkarger. Er war zweiunddreißig, und erst heute wird mir klar, wie jung er damals war.

Ich habe nicht protestiert, als ich mit zwölf Jahren auf das Gymnasium von Moulins geschickt wurde, als Interner, weil man mich nicht jeden Tag dorthin fahren konnte.

Ich habe dort nur ein paar Monate gelebt. Ich war unglücklich, fühlte mich fremd in dieser neuen Welt, die ich als feindlich empfand. Meinem

Vater habe ich nichts davon gesagt, wenn er mich samstagabends nach Hause holte. Ich habe mich nie beklagt.

Er muss es trotzdem gespürt haben. In den Osterferien kam überraschend seine Schwester zu Besuch, deren Mann eine Bäckerei in Nantes eröffnet hatte, und mir wurde klar, dass man längst etwas geplant und auf brieflichem Weg beschlossen hatte.

Meine Tante, die eine sehr rosige Gesichtsfarbe hatte, ging allmählich in die Breite. Sie hatte keine Kinder, was ihr großen Kummer bereitete.

Mehrere Tage lang schlich sie linkisch um mich herum, als ob sie mich zähmen wollte.

Sie erzählte mir von Nantes, von ihrem Haus am Hafen, vom guten Geruch des warmen Brotes, von ihrem Mann, der die ganze Nacht in der Backstube verbrachte und tagsüber schlief.

Sie war sehr heiter, ich erriet den Grund und resignierte. Oder genauer – da ich dieses Wort nicht leiden kann –, ich war einverstanden.

Als wir eines Sonntags nach der Messe einen Spaziergang machten, führten mein Vater und ich ein langes Gespräch. Es war das erste Mal, dass er mit mir wie mit einem Mann sprach. Es ging um meine Zukunft. Er sagte, ich könne unmöglich die Dorfschule besuchen, im Internat in Moulins aber fehle mir ein normales Familienleben.

Heute weiß ich, was er dachte. Er wusste, dass das Zusammenleben mit einem Mann wie ihm, der sich ganz in sich zurückgezogen hatte und seinen Gedanken nachhing, für einen Jungen, der noch alles vom Leben erwartete, nicht das Richtige war.

Ich bin mit meiner Tante und einem großen Koffer, der auf dem Karren hinter uns her schaukelte, zum Bahnhof gefahren.

Mein Vater hat nicht geweint. Ich auch nicht.

Das ist ungefähr alles, was ich von ihm weiß. Während der Jahre in Nantes war ich bloß der Neffe des Bäckers und seiner Frau, und ich habe mich fast an den Mann gewöhnt, dessen behaarte Brust ich Tag für Tag im rötlichen Schein des Backofens sah.

Die Ferien verbrachte ich bei meinem Vater. Zu sagen, wir seien einander fremd gewesen, ginge zu weit, aber ich führte mein eigenes Leben, hatte meine eigenen Träume und Probleme.

Ich liebte meinen Vater, achtete ihn, bemühte mich jedoch nicht mehr darum, ihn zu verstehen. Und so ist es Jahre weitergegangen. Ist es noch heute so? Ich bin fast geneigt, ja zu sagen.

Als die Neugier zurückkehrte, konnte ich ihn nicht mehr fragen, was ich ihn so gern gefragt hätte, und ich machte mir Vorwürfe, es nicht getan zu haben, solange er noch da war und hätte antworten können.

Mein Vater ist mit vierundvierzig Jahren an einer Rippenfellentzündung gestorben.

Ich war ein junger Mann und hatte gerade mein Medizinstudium begonnen. Bei meinen letzten Besuchen auf dem Gut waren mir seine geröteten Wangen aufgefallen, der fiebrige Glanz seiner Augen.

»Hat es je Schwindsüchtige in unserer Familie gegeben?«, habe ich eines Tages meine Tante gefragt.

Und sie antwortete darauf, als spräche ich von einem Makel, dessen man sich schämen müsse:

»Niemals! Sie waren alle stark wie Eichen. Erinnerst du dich nicht an deinen Großvater?«

Und wie ich mich an ihn erinnerte und an seinen trockenen Husten, von dem er sagte, er komme vom Rauchen.

Und solange ich zurückdenken konnte, hatten die Wangen meines Vaters immer geglüht, als schwelte ein Feuer darunter. Auch meine Tante hatte diese roten Wangen.

»Das kommt von der Hitze in der Bäckerei«, sagte sie.

Und doch ist sie zehn Jahre später an der gleichen Krankheit wie ihr Bruder gestorben.

Als ich meine Sachen aus Nantes abholte, weil nun ein neues Leben für mich begann, habe ich nach sehr langem Zögern einen meiner Professoren in seiner Privatwohnung aufgesucht mit der Bitte, mich zu untersuchen.

»Es besteht keine Gefahr!«, beruhigte er mich.

Zwei Tage später fuhr ich mit dem Zug nach Paris.

Meine Frau wird es mir nicht verübeln, wenn ich wieder auf Simenon und das Bild zurückkomme, das er von mir gezeichnet hat, denn es geht um einen Aspekt, den er in einem seiner neuesten Bücher angesprochen hat und der mich besonders berührt.

Es ist einer der Aspekte, die mich am meisten geärgert haben – und ich rede jetzt nicht von Kleiderfragen oder anderen Nebensächlichkeiten, die mich eher erheitern.

Ich wäre nicht der Sohn meines Vaters, wenn ich nicht in Dingen, die meinen Beruf, meine Karriere betreffen, ziemlich empfindlich wäre, und eben darum handelt es sich.

Ich habe manchmal den Eindruck gewonnen, den unangenehmen Eindruck, Simenon versuche, mich vor der Leserschaft gewissermaßen dafür zu entschuldigen, dass ich der Polizei beigetreten bin. Und so mancher glaubt bestimmt, ich hätte diesen Beruf nur als Notbehelf gewählt.

Nun, ich hatte tatsächlich ein Studium der Medizin begonnen, und zwar aus freien Stücken, ohne dass mich ehrgeizige Eltern dazu gedrängt hätten, was oft genug der Fall ist.

Jahrelang habe ich nicht mehr daran gedacht. Erst als Simenon in seinen Büchern davon erzählte, ist mir die Frage wieder durch den Kopf gegangen, wie es zu diesem Entschluss gekommen war.

Ich habe mit niemandem, nicht einmal mit meiner Frau, darüber gesprochen. Und auch heute noch muss ich eine gewisse Scham überwinden, um diese Dinge zum Ausdruck zu bringen oder es wenigstens zu versuchen.

In einem seiner Bücher hat Simenon von einem »Schicksalsflicker« gesprochen. Das Wort ist nicht seine Erfindung, es stammt von mir. Ich muss es einmal im Gespräch mit ihm verwendet haben.

Ich frage mich, ob nicht alles seinen Anfang mit Gadelle genommen hat, dessen Tragödie mich tiefer beeindruckt hatte, als mir damals bewusst war.

Weil er Arzt war, weil er gescheitert war, bekam der Arztberuf in meinen Augen einen besonderen Nimbus, ja geradezu etwas Priesterliches.

Jahrelang habe ich, ohne mir dessen bewusst zu sein, versucht, die Tragödie dieses Mannes zu verstehen, der seinem Schicksal nicht gewachsen war.

Und ich dachte an das Verhalten meines Vaters und fragte mich, ob mein Vater ihn ebenso gesehen hatte wie ich und Gadelle eben deshalb eine Chance gegeben hatte, so hoch der Preis auch war, den er dafür zahlen musste.

Von Gadelle sind meine Gedanken fließend auf

all die anderen Menschen übergegangen, die ich gekannt hatte, schlichte Leute zumeist, die ein laute-
res, ruhiges Leben führten und sich dennoch eines
Tages mit dem Schicksal messen mussten.

Ich möchte daran erinnern, dass es nicht die Gedanken eines gesetzten Mannes sind, die ich versuche, in Worte zu fassen, sondern die Grübeleien
eines Heranwachsenden.

Der Tod meiner Mutter war für mich eine so
sinnlose, so nutzlose Tragödie.

Und all die anderen Tragödien, von denen ich
hörte, all das menschliche Scheitern, erfüllten mich
mit einer geradezu wilden Verzweiflung.

Konnte denn niemand etwas dagegen tun?
Musste man hinnehmen, dass es nirgends einen
Menschen gab, der klüger oder weiser war als die
anderen, einen Menschen, den ich wohl in Gestalt
eines Hausarztes suchte, eines Gadelle, der nicht
versagt hatte und der ebenso sanft wie entschlossen
zu sagen vermochte:

»Sie sind auf dem falschen Weg. Wenn Sie so
weitermachen, stürzen Sie sich ins Unglück. Ihr
Platz ist hier, und nicht dort.«

Ich glaube, es ist so: Ich hatte das dunkle Gefühl,
dass sich zu viele Menschen nicht am rechten Platz
befanden, dass sie sich zwangen, eine Rolle zu spielen, der sie nicht gewachsen waren und deshalb das
Spiel von vornherein verloren hatten.

Man soll aber nicht denken, dass ich mir einbildete, eines Tages zu einer Art Herrgott zu werden.

Nachdem ich Gadelle und dann das Verhalten meines Vaters ihm gegenüber zu verstehen versucht hatte, blickte ich weiter um mich und stellte mir immer wieder dieselben Fragen.

Ein amüsantes Beispiel: Wir waren achtundfünfzig in meiner Klasse. Achtundfünfzig Schüler aus verschiedenen Milieus, mit verschiedenen Eigenschaften und Ambitionen, guten und schlechten. Nun, und ich machte mir den Spaß, jedem von ihnen das ideale Schicksal zu verpassen, und bei mir nannte ich sie: der Anwalt, der Finanzbeamte ...

Eine Zeit lang versuchte ich auch zu erraten, woran die Leute, mit denen ich bekannt war, sterben würden.

Versteht man jetzt besser, warum ich Arzt werden wollte? Bei dem Wort Polizei musste ich in jener Zeit nur an den Schutzmann an der Straßenecke denken, und wenn ich von der Geheimpolizei hörte, konnte ich mir nichts darunter vorstellen.

Und dann plötzlich musste ich mir meinen Lebensunterhalt verdienen. Als ich nach Paris kam, hatte ich nicht die geringste Vorstellung von meinem künftigen Beruf. Da ich mein Studium nicht beendet hatte, blieb mir kaum etwas anderes übrig, als mir eine Stellung in einem Büro zu suchen, und so begann ich, gänzlich lustlos, die Kleinanzeigen zu lesen. Mein Onkel hatte mir angeboten, mich zum Bäcker auszubilden, aber ich hatte abgelehnt.

In dem kleinen Hotel am linken Seineufer, in dem ich wohnte, lebte auf derselben Etage ein Mann, der meine Neugier geweckt hatte. Ein Mann von etwa vierzig Jahren, der mich, Gott weiß warum, an meinen Vater erinnerte.

Äußerlich nämlich war er grundverschieden von dem blonden und mageren Mann mit den hängenden Schultern, den ich immer in Ledergamaschen gesehen hatte.

Er war untersetzt und hatte braunes Haar. Seine beginnende Glatze suchte er dadurch zu kaschieren, dass er das Haar sorgfältig in die Stirn kämmte. Die Spitzen seines Schnurrbarts drehte er mit der Brennschere ein.

Er war immer schwarz und penibel gekleidet, trug einen Mantel mit Samtkragen, der auf einen gewissen anderen Mantel verweist, und einen Stock mit massivem Silberknauf.

Ich glaube, die Ähnlichkeit mit meinem Vater lag in seiner Haltung, in einer bestimmten Art zu gehen, ohne jemals den Schritt zu beschleunigen, zuzuhören, zuzusehen und sich dann wieder in sich selbst zurückzuziehen.

Zufällig begegnete ich ihm in einem nahegelegenen Restaurant, das Speisen zu Festpreisen anbot. Ich erfuhr, dass er dort fast täglich zu Abend aß, und aus einem mir unerfindlichen Grund hoffte ich, ihn kennenzulernen.

Vergeblich versuchte ich zu erraten, was für einen Beruf er ausüben mochte. Da er allein in dem Hotel wohnte, war er vermutlich Junggeselle. Ich hörte ihn morgens aufstehen und abends zu unregelmäßigen Zeiten nach Hause kommen.

Es besuchte ihn nie jemand. Und ich sah ihn nur ein einziges Mal in Gesellschaft, als er sich an der Ecke des Boulevards Saint-Michel mit einem Kerl unterhielt, den man im Jargon jener Zeit als »Apachen« bezeichnet hätte.

Ich war nahe daran, eine Stellung in einer Posamenterie in der Rue des Victoires anzunehmen. Ich sollte mich am nächsten Morgen mit Referenzen einfinden, die ich von meinen ehemaligen Lehrern erbeten hatte.

An jenem Abend im Restaurant beschloss ich – ich weiß nicht von welchem Instinkt getrieben –, mich genau in dem Augenblick vom Tisch zu erheben, als mein Zimmernachbar seine Serviette zurück in ihr Fach legte, sodass ich an der Tür stand und sie ihm aufhielt, als er hinausging.

Er hatte mich bestimmt bemerkt. Vielleicht spürte er, dass ich mit ihm sprechen wollte, denn er blickte mich prüfend an.

»Ich danke Ihnen«, sagte er. »Gehen Sie zum Hotel zurück?«

»Ich glaube … Ich weiß es nicht …«

Es war ein schöner Herbstabend. Der Mond ging über den Bäumen auf, und die Quais waren nicht weit.

»Allein in Paris?«

»Ja, ich bin allein.«

»Suchen Sie Arbeit?«

»Woher wissen Sie das?«

Er antwortete nicht, sondern steckte sich eine Pastille in den Mund. Ich sollte bald erfahren, warum. Er hatte Mundgeruch und wusste es.

»Kommen Sie aus der Provinz?«

»Aus Nantes, aber ich stamme vom Land.«

Ich sprach mit ihm wie mit einem alten Bekannten. Seit meiner Ankunft in Paris war es das erste Mal, dass ich einen solchen Gefährten fand, und seine Schweigsamkeit war mir nicht im Geringsten unangenehm, vermutlich, weil ich an das wohlwollende Schweigen meines Vaters gewöhnt war. Ich hatte ihm fast meine ganze Geschichte erzählt, als wir am Quai des Orfèvres, jenseits des Pont Saint-Michel, anlangten.

Er blieb vor einem halb geöffneten großen Tor stehen und sagte:

»Würden Sie einen Augenblick auf mich warten?«

Vor dem Portal stand ein uniformierter Polizist Wache. Nachdem ich eine Weile auf und ab gegangen war, fragte ich ihn:

»Ist dies nicht der Palais de Justice?«

»Hier ist der Eingang zu den Büros der Sûreté.«

Mein Zimmernachbar hieß Jacquemain. Er war tatsächlich Junggeselle, wie ich noch an jenem Abend erfuhr, als wir an der Seine entlangschlenderten und mehrmals dieselben Brücken überquerten, wobei wir immer den Palais de Justice vor uns aufragen sahen.

Er war Polizeiinspektor und erzählte in wenigen Worten und mit verhaltenem Stolz, wie es mein Vater getan hätte, von seinem Beruf.

Drei Jahre später ist er ums Leben gekommen, noch ehe ich in die für mich inzwischen sagenumwobenen Büros am Quai des Orfèvres eingezogen war. Es geschah bei einer Schlägerei in der Nähe der Porte d'Italie. Eine Kugel, die nicht für ihn bestimmt war, traf ihn mitten in die Brust.

Seine Fotografie hängt noch neben den anderen in einem jener schwarzen Rahmen, über denen geschrieben steht: »In Erfüllung ihrer Pflicht gestorben«.

Er hat an jenem Abend nur wenig zu mir gesagt, er hat mir vor allem zugehört. Trotzdem habe ich ihn gegen elf Uhr mit zitternder Stimme gefragt:

»Glauben Sie wirklich, dass das möglich ist?«

»Ich werde Ihnen die Frage morgen Abend beantworten können.«

Es ging natürlich nicht darum, geradewegs in die

Sûreté einzutreten. Die Zeit der Diplome war noch nicht angebrochen, und jeder musste ganz unten beginnen.

Mein einziger Ehrgeiz war es, in einem der Pariser Polizeireviere angenommen zu werden, ganz gleich in welcher Funktion, und jene Welt zu entdecken, in die Inspektor Jacquemain mich nur einen flüchtigen Blick hatte tun lassen.

Als wir uns im Flur des Hotels, das inzwischen abgerissen worden ist, verabschiedeten, fragte er:

»Würde es Sie sehr verdrießen, eine Uniform zu tragen?«

Die Frage erschreckte mich, ich gebe es zu, und ich zögerte einen Augenblick, was ihm nicht entging und wohl kaum gefallen hat.

»Nein«, antwortete ich leise.

Und ich habe sie getragen. Nicht lange freilich. Nur sieben oder acht Monate.

Da ich lange Beine hatte und sehr mager und sehr flink war, so seltsam das heute erscheinen mag, hat man mir ein Fahrrad gegeben, und damit ich lernte, mich in Paris zurechtzufinden, musste ich in den verschiedensten Amtsstellen Briefe abliefern.

Hat Simenon das erzählt? Ich erinnere mich nicht. Monatelang habe ich mich auf meinem Fahrrad zwischen Droschken und Omnibussen, die noch von Pferden gezogen wurden, hindurchgeschlängelt und die schrecklichsten Ängste ausgestanden, wenn sie den Montmartre hinunterpreschten.

Die Beamten trugen noch Gehrock und Zylinder und von einem bestimmten Dienstgrad an ein Jackett.

Die Polizisten waren zumeist Männer mittleren Alters und hatten rote Nasen. Man sah sie mit Kutschern an der Theke trinken, und die Chansonniers machten sich schamlos über sie lustig.

Ich war nicht verheiratet. Meine Uniform hinderte mich daran, jungen Mädchen den Hof zu machen. Ich beschloss, dass mein wahres Leben erst an dem Tag beginnen würde, da ich die große Treppe am Quai des Orfèvres nicht mehr als Überbringer amtlicher Schreiben, sondern als Inspektor hinaufgehen würde.

Als ich Jacquemain sagte, das sei mein größter Wunsch, lächelte er nicht, sondern blickte mich nachdenklich an und murmelte:

»Nun, warum nicht?«

Ich wusste nicht, dass ich schon bald hinter seinem Sarg hergehen würde. Meine Prognosen über die Geschicke meiner Mitmenschen ließen zu wünschen übrig.

4

Wo ich das Gebäck von Anselme und Géraldine vertilge, vor den Augen der Herrschaften vom Amt für Straßen- und Brückenbau und ihnen zum Trotz

Haben sich mein Vater und mein Großvater jemals gefragt, ob sie etwas anderes hätten sein können als das, was sie waren? Hatten sie andere Ziele gehabt? Beneideten sie andere um ihr Schicksal?

Seltsam, dass man so viel Zeit mit Menschen verbringt und doch nichts von den Dingen weiß, die einem später wesentlich erscheinen. Ich habe oft darüber nachgedacht und fühlte mich manchmal wie ein Wanderer zwischen zwei Welten, die nichts miteinander gemein haben.

Vor nicht allzu langer Zeit haben Simenon und ich in meiner Wohnung am Boulevard Richard-Lenoir darüber gesprochen. Ich glaube, es war am Vorabend seiner Abreise in die Vereinigten Staaten. Er war vor dem vergrößerten Foto meines Vaters stehen geblieben, das an der Wand im Esszimmer hängt und das er in all den Jahren oft genug gesehen hatte.

Er betrachtete es aufmerksam und warf mir von Zeit zu Zeit verstohlen prüfende Blicke zu, als suchte er nach Ähnlichkeiten. Seine Gedanken schienen abzuschweifen.

»Im Grunde, Maigret«, sagte er endlich, »sind Sie in dem idealen Milieu geboren, in dem idealen Augenblick der Entwicklung einer Familie, um ein ausgezeichneter Angestellter oder, wenn Sie so wollen, ein ranghoher Beamter zu werden.«

Ich war beeindruckt, denn darüber hatte ich auch schon nachgedacht, obschon auf eine weniger präzise und persönliche Weise. Dabei war mir aufgefallen, dass viele meiner Kollegen aus bäuerlichen Familien stammten und erst seit kurzer Zeit die Beziehung zum Land und zur Erde verloren hatten.

Bedauernd, fast als beneide er mich, fuhr Simenon fort:

»Ich bin Ihnen um eine Generation voraus. Ich muss bis zu meinem Großvater zurückgehen, um jemanden zu finden, der Ihrem Vater entspricht. Mein Vater war bereits Beamter.«

Meine Frau blickte ihn aufmerksam an, sichtlich bemüht, ihn zu verstehen. In leichtem Ton fügte er hinzu:

»Eigentlich hätte ich mir durch die Hintertür Zugang zur Selbstständigkeit verschaffen müssen, klein anfangen und mich abmühen, um Arzt, Anwalt oder Ingenieur zu werden, oder aber ...«

»Oder aber was?«

»Oder aber mich auflehnen, bitter werden wie die meisten, sonst gäbe es schließlich Ärzte und Anwälte im Überfluss. Unter meinesgleichen gibt es wohl die meisten Versager.«

Ich weiß nicht, warum mir dieses Gespräch plötzlich einfällt. Wahrscheinlich, weil ich an meine Anfänge zurückdenke und meine damalige seelische Verfassung zu ergründen suche.

Ich stand allein auf der Welt. Ich war soeben in ein Paris gekommen, das ich noch nicht kannte und in dem Reichtum offener zur Schau gestellt wurde als heute.

Zweierlei fiel mir auf: der Reichtum auf der einen und die Armut auf der anderen Seite; und ich gehörte zu den Armen.

Vor den Augen der breiten Masse frönte eine ganze Welt raffiniertem Müßiggang, und die Zeitungen berichteten vom Tun und Lassen dieser Leute, die ausschließlich mit ihrem Amüsement und ihren Eitelkeiten befasst waren.

Aber nicht einen Augenblick war ich versucht, mich zu empören. Ich beneidete sie nicht. Ich hoffte nicht, eines Tages so zu sein wie sie. Ich verglich mein Schicksal nicht mit ihrem.

Sie gehörten zu einer Welt, die mir fremd war wie ein anderer Planet.

Ich erinnere mich, dass ich damals einen unersättlichen Appetit hatte, der schon in meiner Kindheit legendär gewesen war. Meine Tante in Nantes erzählte gern, sie habe mich auf dem Heimweg vom Gymnasium einen ganzen Laib Brot verzehren sehen, was mich aber nicht daran gehindert habe, zwei Stunden später zu Abend zu essen.

Ich verdiente sehr wenig Geld, und meine größte Sorge galt diesem Hunger, der gestillt sein wollte: Den größten Luxus hielten nicht die berühmten Caféterrassen an den Boulevards bereit, ebenso wenig die Schaufenster der Rue de la Paix, sondern, ganz prosaisch, die Auslagen der Metzgereien.

Auf meinen täglichen Wegen durch die Stadt hatte ich etliche faszinierende Metzgereien entdeckt, und zu der Zeit, da ich noch in Uniform durch Paris radelte, richtete ich es so ein, dass mir immer ein paar Minuten blieben, um ein Stück Wurst oder eine Scheibe Pastete zu kaufen und auf dem Gehsteig zu verschlingen, samt einem Brötchen aus der Bäckerei nebenan.

Wenn mein Magen besänftigt war, fühlte ich mich glücklich und voller Selbstvertrauen. Ich erfüllte gewissenhaft meine beruflichen Pflichten; selbst die geringste Aufgabe nahm ich wichtig. Überstunden waren selbstverständlich. Meine ganze Zeit gehörte der Polizei, und ich fand es vollkommen natürlich, dass man mich vierzehn oder fünfzehn Stunden lang arbeiten ließ.

Ich sage das nicht, um meine Verdienste hervorzuheben, sondern im Gegenteil nur deshalb, weil damals – wenn ich mich recht entsinne – alle so dachten wie ich.

Die meisten Polizisten hatten nur die Volksschule besucht. Aber durch Inspektor Jacquemain wusste man höheren Orts, dass ich ein Studium begonnen hatte (wenngleich ich da noch nicht wusste, dass man es wusste, geschweige denn, wer es wusste).

Ich war sehr überrascht, als ich nach einigen Monaten einen Posten bekam, auf den ich nicht im Traum zu hoffen gewagt hatte: Ich wurde Sekretär des Polizeikommissars von Saint-Georges.

Man nahm mir mein Rad, mein Käppi und meine Uniform. Man nahm mir auch die Möglichkeit, auf meinen Botengängen durch Paris vor einer Metzgerei anzuhalten.

Dass ich in Zivil war, habe ich besonders an jenem Tag zu schätzen gewusst, als auf dem Boulevard Saint-Michel jemand meinen Namen rief.

Es war ein großer junger Mann in weißem Kittel, der mir nachgelaufen kam.

»Jubert!«, rief ich.

»Maigret!«

»Was machst du hier?«

»Und du?«

»Hör mal, ich habe im Augenblick leider keine

Zeit, aber hol mich doch um sieben vor der Apotheke ab.«

Jubert, Félix Jubert, war mit mir an der medizinischen Fakultät in Nantes gewesen. Ich wusste, er hatte sein Studium zur gleichen Zeit wie ich abgebrochen, doch aus anderen Gründen, glaube ich. Er war nicht faul, aber begriffsstutzig, und ich erinnere mich, dass man von ihm sagte:

»Er lernt, bis ihm die Pusteln aus der Schädeldecke sprießen, aber schon am nächsten Tag hat er alles wieder vergessen.«

Er war sehr groß und hager, hatte eine große Nase, grobe Züge, rotes Haar, und sein Gesicht war mit Pusteln übersät, nicht den kleinen Pickeln, die so viele junge Leute zur Verzweiflung bringen, sondern mit dicken roten oder violetten Pusteln, die er mit Salben und medizinischem Puder abdeckte.

Ich habe an jenem Abend vor der Apotheke auf ihn gewartet, in der er seit einigen Wochen arbeitete. Er hatte keine Angehörigen in Paris und wohnte nahe des Cherche-Midi bei Leuten, die noch zwei, drei andere Mieter hatten.

»Und du, was machst du?«

»Ich bin bei der Polizei.«

Ich sehe noch, wie er mich aus veilchenblauen Augen – unschuldig wie die eines jungen Mädchens – ungläubig anblickte. Seine Stimme klang seltsam, als er wiederholte:

»Bei der Polizei?«

Er betrachtete meinen Anzug und sah dann unwillkürlich zu dem Schutzmann an der nächsten Ecke hin.

»Ich bin Sekretär des Kommissars.«

»Ach so, ich verstehe!«

War es falsche Scham oder Unvermögen – mein Unvermögen, mich begreiflich zu machen, sein Unvermögen, mich zu verstehen?

Jedenfalls erfuhr er nicht, dass ich noch vor drei Wochen selbst eine Uniform getragen hatte und davon träumte, bei der Sûreté zu arbeiten.

Sekretär, das war in seinen Augen und in den Augen vieler Leute etwas Großartiges, äußerst Ehrenwertes: Man sitzt in einem ordentlichen Büro, umgeben von Büchern, den Federhalter in der Hand.

»Hast du viele Freunde in Paris?«

Außer Inspektor Jacquemain kannte ich sozusagen niemanden, denn im Kommissariat war ich ein Neuling, den man erst noch kennenlernen musste, ehe man Vertrauen zu ihm fasste.

»Auch keine Freundin? Was machst du mit all der freien Zeit?«

Nun, erstens hatte ich nicht viel freie Zeit, und zweitens musste ich lernen. Denn um mein Ziel schneller zu erreichen, wollte ich die eben eingeführten Prüfungen absolvieren.

Wir haben an jenem Abend zusammen gegessen. Beim Nachtisch sagte er zu mir, und es klang vielversprechend:

»Ich muss dich unbedingt vorstellen.«

»Wem?«

»Netten Leuten, Freunden. Du wirst sehen.«

Er ließ sich nicht näher darüber aus. Und wir haben uns dann mehrere Wochen nicht gesehen.

Ich hätte ihn gar nicht mehr wiedersehen können. Ich hatte ihm meine Adresse nicht gegeben und kannte seine nicht. Der Gedanke, ihn vor der Apotheke abzupassen, kam mir nicht.

Durch einen Zufall sind wir uns wiederbegegnet. Diesmal vor dem Théâtre Français, wo wir um Karten anstanden.

»Wie dumm! Ich dachte, ich würde nie wieder etwas von dir hören«, sagte er. »Ich weiß ja nicht mal, in welchem Kommissariat du arbeitest. Ich habe meinen Freunden von dir erzählt.«

Er sprach von diesen Freunden auf eine Weise, als handelte es sich um einen äußerst exklusiven Kreis, ja, eine geheimnisvolle Sekte.

»Hast du einen Frack?«

»Ja.«

Es tat nichts zur Sache, dass es sich dabei um den etwas altmodischen Hochzeitsfrack meines Vaters handelte, den ich hatte anpassen lassen.

»Am Freitag nehme ich dich mit. Halte dir den

Abend unbedingt frei, Freitag ab acht. Kannst du tanzen?«

»Nein.«

»Nun, das macht nichts. Aber es wäre besser, du würdest ein paar Stunden nehmen. Ich weiß von einem guten Tanzkurs, gar nicht teuer. Ich habe ihn selbst besucht.«

Diesmal hatte er sich meine Adresse notiert und sogar die des kleinen Restaurants, in dem ich zu Abend aß, wenn ich keinen Dienst hatte. Und am Freitagabend saß er in meinem Zimmer auf dem Bett, während ich mich anzog.

»Ich muss dir noch ein paar Dinge erklären, damit du keinen Fauxpas begehst. Wir werden die Einzigen sein, du und ich, die nicht dem Amt für Straßen- und Brückenbau angehören. Ein entfernter Cousin von mir, dem ich zufällig begegnet bin, hat mich dort eingeführt. Monsieur und Madame Léonard sind charmant, und ihre Nichte ist das hübscheste Mädchen von allen.«

Ich wusste sofort, dass er in sie verliebt war und mich jetzt fast gewaltsam mitschleppte, um mir das Objekt seiner Leidenschaft vorzustellen.

»Es sind noch andere da, keine Angst«, sagte er. »Sehr angenehme Mädchen.«

Es regnete. Da es unerlässlich war, sauber zu erscheinen, nahmen wir eine Droschke, die erste Droschke, die ich aus anderen als beruflichen

Gründen in Paris genommen habe. Vor einem Blumenladen ließ Félix Jubert den Wagen halten, um für jeden von uns eine Nelke zu besorgen, die wir uns ins Knopfloch steckten.

»Der alte Monsieur Léonard«, erklärte er mir, »Anselme, wie man ihn nennt, ist seit etwa zehn Jahren im Ruhestand. Er war einer der höchsten Beamten im Amt für Straßen- und Brückenbau, und noch jetzt wendet sich sein Nachfolger hin und wieder um Rat an ihn. Der Vater seiner Nichte arbeitet in derselben Behörde, ja sozusagen die ganze Familie.«

An der Art, wie Jubert von dieser Behörde sprach, spürte man, dass sie für ihn sozusagen das verlorene Paradies war und er alles darum gegeben hätte, ebenfalls dort Karriere machen zu können und nicht kostbare Jahre an das Medizinstudium verschwendet zu haben.

»Du wirst sehen!«

Und ich sah. Die Wohnung lag am Boulevard Beaumarchais, unweit der Place de la Bastille, in einem schon alten, aber komfortablen und durchaus vornehmen Haus. Alle Fenster im dritten Stock waren erleuchtet, und als Jubert aus der Droschke stieg, zeigte sein Blick nur allzu deutlich, dass sich dort oben das große gesellschaftliche Ereignis abspielte.

Mir war unwohl zumute. Ich bereute, mitgekommen zu sein. Mein Hemdkragen drückte am Hals. Ich hatte das Gefühl, dass meine Krawatte sich unentwegt verschob und einer meiner Frackschöße sich aufrichten wollte wie die Schwanzfedern eines Hahns.

Die Stufen der spärlich beleuchteten Treppe waren mit einem roten Läufer bedeckt, der mir sehr prächtig erschien. Und die Fenster im Treppenhaus waren aus buntem Glas. Ihre Machart sollte für mich noch lange den Inbegriff höchster Ästhetik darstellen.

Jubert hatte sein pickliges Gesicht besonders stark gepudert, wodurch es, ich weiß nicht warum, fast violett schimmerte. Ehrfürchtig zog er an einer dicken Quaste neben der Tür.

Von innen hörten wir Stimmengemurmel, Gelächter und schrille Laute, die zeigten, dass die Gesellschaft schon in vollem Gange war.

Ein Mädchen in weißer Schürze öffnete uns. Félix reichte ihr seinen Mantel und sagte, sichtlich beglückt darüber, sich als Freund des Hauses zu präsentieren:

»Bonsoir, Clémence.«

»Bonsoir, Monsieur Félix.«

Der Salon war ziemlich groß, nur schwach beleuchtet und mit einer Fülle von dunklen Wandbehängen ausgestattet. Im Nebenzimmer, in das man durch eine hohe Glastür hineinblicken konnte, waren die Möbel an die Wand gerückt, um Platz zum Tanzen zu schaffen.

Als müsste er mich beschützen, führte mich Jubert zu einer alten Dame mit weißem Haar, die neben dem Kamin saß.

»Darf ich Ihnen meinen Freund Maigret vorstellen, von dem ich Ihnen schon berichtet habe und der sich schon lange sehnlichst wünscht, Ihnen persönlich seine Aufwartung zu machen?«

Wahrscheinlich hatte er diesen Satz auf der Fahrt auswendig gelernt und achtete jetzt darauf, dass ich mich so benahm, wie es sich gehörte und ihm keine Schande machte.

Die alte Dame war äußerst hübsch und von zarter Gestalt, in ihrem feinen Gesicht lag ein lebhafter Ausdruck, aber es verwirrte mich, als sie lächelnd sagte:

»Warum sind Sie nicht auch im Amt für Straßen- und Brückenbau tätig? Anselme wird sehr enttäuscht sein.«

Sie hieß Géraldine. Anselme, ihr Mann, saß in seinem Sessel, und zwar so reglos, als hätte man ihn dorthin getragen, um ihn wie eine Wachsfigur zur Schau zu stellen. Er war sehr alt. Später habe ich erfahren, dass er weit über achtzig und Géraldine auch schon achtzig Jahre alt war.

Jemand spielte leise Klavier, ein dicker junger Mann in einem viel zu knappen Frack. Ein junges Mädchen in Hellblau blätterte die Seiten um. Ich sah sie nur von hinten. Als man mich ihr vorstellte, wagte ich nicht, ihr ins Gesicht zu blicken, weil meine Anwesenheit mich entsetzlich verlegen machte und ich weder wusste, was ich sagen noch wie ich mich verhalten sollte.

Man hatte noch nicht zu tanzen begonnen. Auf einem kleinen Tisch stand eine Schale mit Gebäck, und ein wenig später, als Jubert mich meinem Schicksal überließ, steuerte ich darauf zu. Nicht aus Naschhaftigkeit, denn Hunger hatte ich keinen, noch dazu habe ich mir nie etwas aus Gebäck gemacht, sondern wahrscheinlich, um meine Unsicherheit zu überspielen.

Ich nahm einen Keks und dann noch einen. Jemand sagte:

»Pst!«

Eine junge Frau in Rosa, die ein wenig schielte, begann zu singen. Sie stand neben dem Klavier. Mit einer Hand stützte sie sich auf das Instrument, während sie mit der anderen einen Fächer schwenkte.

Ich aß weiter. Ich merkte es gar nicht. Und genauso wenig merkte ich, dass die alte Dame mich verblüfft betrachtete und auch andere mich unverwandt anstarrten.

Einer der jungen Männer machte eine halblaute Bemerkung zu seinem Nachbarn, und wieder ertönte ein:

»Pst!«

Die jungen Mädchen waren ihrer hellen Kleider wegen unter den schwarzen Fräcken leicht zu erkennen. Es waren vier. Jubert versuchte offenbar, meine Aufmerksamkeit auf sich zu lenken. Vergebens. Es war ihm unangenehm, mich einen Keks nach dem anderen bedächtig verzehren zu sehen. Später hat er mir gestanden, ich hätte ihm leidgetan, er sei überzeugt gewesen, ich hätte noch nicht zu Abend gegessen.

Andere haben das gewiss auch gedacht. Das junge Mädchen hatte zu Ende gesungen und verbeugte sich. Man applaudierte. Da erst wurde mir bewusst, dass alle Blicke auf mir ruhten, der ich mit vollem Mund, einen Keks in der Hand, neben dem Tischchen stand.

Fast hätte ich mich heimlich davongemacht, wäre buchstäblich aus dieser Wohnung geflüchtet, in der ich mich wie ein Fremder fühlte.

Aber in diesem Augenblick sah ich im Halbdunkel das Gesicht des jungen Mädchens in Blau und auf diesem Gesicht einen sanften, beruhigenden, fast zutraulichen Ausdruck. Mir war, als ob es mich verstünde und ermutigen wollte.

Das Dienstmädchen kam mit Erfrischungen. Nachdem ich zur unpassenden Zeit so viel gegessen hatte, wagte ich nicht, das Glas zu nehmen, das man mir anbot.

»Louise, du könntest das Gebäck herumreichen.«

So erfuhr ich, dass das junge Mädchen in Blau Louise hieß und die Nichte der Léonards war.

Sie bot allen etwas an, ehe sie auf mich zukam. Auf ein paar Petit Fours deutend, die mit kandierten Früchten verziert waren, sagte sie mit Verschwörermiene:

»Das Beste ist noch da. Kosten Sie die hier.«

Ich wusste darauf nur zu antworten:

»Meinen Sie?«

Es waren die ersten Worte, die Madame Maigret und ich miteinander wechselten.

Wenn sie nachher lesen wird, was ich jetzt schreibe, wird sie bestimmt mit den Schultern zucken und murmeln:

»Wozu erzählst du das?«

Im Grunde ist sie begeistert von dem Bild, das Simenon von ihr gezeichnet hat, dem Bild der braven Hausfrau, die immerzu kocht und reinemacht und ihr großes Baby von Mann beständig verhätschelt. Ich vermute, dass sie ihm wegen dieses Bildes so rasch die Freundschaft angetragen hat, ihn gar zur Familie zählt und selbst dann in Schutz nimmt, wenn ich nicht im Traum daran denke, ihn anzugreifen.

Aber wie alle Porträts ist auch dieses nicht wahrheitsgetreu. Als ich sie an jenem berühmten Abend kennenlernte, war sie ein ziemlich rundliches junges Mädchen mit frischem Teint und einem Funkeln in den Augen, wie man es in denen ihrer Freundinnen nicht sah.

Was wäre geschehen, wenn ich nicht von dem Gebäck gegessen hätte? Gut möglich, dass ich ihr unter dem Dutzend junger Männer, die bis auf meinen Freund Jubert sämtlich dem Amt für Straßen- und Brückenbau angehörten, überhaupt nicht aufgefallen wäre.

Die Wörter »Straßen- und Brückenbau« haben für mich eine fast komische Bedeutung gewonnen. Sobald einer von uns sie ausspricht, können wir uns ein Lächeln nicht verkneifen. Und wenn wir sie irgendwo hören, können wir nicht umhin, uns vielsagend anzublicken.

Eigentlich müsste ich hier die ganze Genealogie der Familie meiner Frau, der Schoëllers, Kurts und Léonards aufzeichnen, in der ich mich lange nicht zurechtgefunden habe und die wir die »weibliche Linie« nennen.

Wenn Sie ins Elsass fahren, nach Straßburg oder Mülhausen, werden Sie wahrscheinlich davon sprechen hören. Ein Kurt aus Scharrachbergheim ist, meine ich, der Erste gewesen, der unter Napoleon die gleichsam dynastische Tradition des Amtes für Straßen- und Brückenbau begründet hat. Er scheint in seiner Zeit berühmt gewesen zu sein und hat sich mit den Schoëllers alliiert, die in derselben Behörde tätig waren.

Dann kamen noch die Léonards dazu, und seither waren vom Vater bis zum Sohn, vom Bruder bis zum Schwager oder Cousin fast alle beim Amt für Straßen- und Brückenbau, sodass die Tatsache, dass ein Kurt einer der größten Bierbrauer Colmars wurde, geradezu als Zeichen des Niedergangs betrachtet wurde.

Aus den wenigen Hinweisen, die Jubert mir gegeben hatte, erriet ich all das an jenem Abend nur.

Und als wir bei strömendem Regen das Haus verließen, diesmal ohne eine Droschke zu nehmen, die wir übrigens auch schwerlich in dieser Gegend gefunden hätten, war ich meinerseits nahe daran, meine Berufswahl zu bedauern.

»Was hältst du von ihr?«

»Von wem?«

»Von Louise! Ich will dir keine Vorwürfe machen, aber die Situation war recht peinlich. Hast du gemerkt, mit welchem Takt sie sich deiner angenommen hat, ohne sich etwas anmerken zu lassen? Ein erstaunliches Mädchen. Alice Perret ist geistreicher, aber ...«

Ich wusste nicht, wer Alice Perret war. Den ganzen Abend hatte ich nur Augen für das Mädchen in Blau gehabt, das zwischen den Tänzen zu mir gekommen war und sich mit mir unterhalten hatte.

»Alice ist die, die gesungen hat. Ich glaube, sie wird sich demnächst mit Louis verheiraten, dem Jungen, der sie begleitet hat. Seine Eltern sind sehr reich.«

Wir haben uns in jener Nacht erst sehr spät getrennt. Bei jedem neuen Regenguss kehrten wir in irgendein noch geöffnetes Bistro ein, um einen Kaffee zu trinken. Félix wollte mich nicht gehen lassen und sprach unaufhörlich von Louise. Er wollte mich geradezu nötigen, ihm beizupflichten, dass sie das perfekte Mädchen sei.

»Ich weiß, meine Chancen sind schlecht. Ihre Eltern wollen, das ihr künftiger Mann im Amt für Straßen- und Brückenbau arbeitet, deshalb haben sie Louise zu Onkel Léonard geschickt. In Colmar oder Mülhausen gibt es keinen ledigen Mann mehr, der dort arbeitet, oder aber sie ist mit ihm verwandt. Vor zwei Monaten ist sie nach Paris gekommen und soll den ganzen Winter hier verbringen.«

»Weiß sie es?«

»Was?«

»Dass man für sie einen solchen Mann sucht?«

»Natürlich. Aber ihr ist das gleich. Sie ist eigenwilliger, als man denken würde. Du kennst sie noch nicht genug, um das beurteilen zu können. Am nächsten Freitag musst du versuchen, mehr mit ihr zu sprechen. Wenn du tanzen könntest, wäre alles leichter. Warum nimmst du nicht bis dahin zwei, drei Stunden?«

Ich nahm keine Tanzstunden. Glücklicherweise nicht. Denn anders als der brave Jubert glaubte, hasste Louise nichts so sehr, wie sich in den Armen eines Kavaliers zu drehen.

Zwei Wochen später ereignete sich ein kleiner Zwischenfall, dem ich zunächst eine große Bedeutung beimaß; vielleicht war er auch von Bedeutung, aber in einem anderen Sinn.

Die jungen Ingenieure, die bei den Léonards verkehrten, bildeten eine Gruppe für sich und benutzten untereinander gern Wörter, deren Sinn nur sie verstanden.

Fand ich sie unausstehlich? Vermutlich. Und ich mochte es auch nicht, dass sie mich beharrlich »Polizeikommissar« nannten. Das war eines ihrer Spielchen, deren ich allmählich überdrüssig wurde.

»He, Kommissar!«, riefen sie mir quer durch den Salon zu.

Nun, an jenem Abend, als Jubert und Louise sich in einer Ecke unterhielten – die Zimmerpflanze, neben der sie standen, sehe ich noch deutlich vor mir –, trat ein schmächtiger junger Mann mit Brille zu ihnen und vertraute ihnen leise etwas an, wobei er amüsiert in meine Richtung sah.

Einige Augenblicke später fragte ich meinen Freund:

»Was hat er gesagt?«

Verlegen und ausweichend antwortete er:

»Nichts.«

»War es etwas Boshaftes?«

»Ich werde es dir auf dem Heimweg sagen.«

Der bebrillte Jüngling ging von einer Gruppe zur anderen, und alle schienen sich auf meine Kosten sehr zu belustigen.

Alle außer Louise, die an diesem Abend mehrere Aufforderungen zum Tanz ablehnte, um mit mir zu plaudern.

Als wir das Haus verließen, fragte ich Félix noch einmal:

»Was hat er gesagt?«

»Sag du mir erst offen und ehrlich, was du gemacht hast, ehe du Sekretär des Kommissars wurdest.«

»Aber … Ich war bei der Polizei.«

»In Uniform?«

Das war es also! Der Kerl mit der Brille hatte mich in Uniform gesehen und wiedererkannt.

Stelle sich das einer vor, ein einfacher Polizist unter diesen Herren vom Straßen- und Brückenbauamt!

»Was hat sie dazu gesagt?«, fragte ich mit gepresster Stimme.

»Sie hat sich großartig verhalten. Wie immer. Auch wenn du es mir vielleicht nicht glaubst …«

Armer Jubert!

»Sie hat gesagt, dass eine Uniform dir sicherlich viel besser steht als ihm.«

Trotzdem bin ich am folgenden Freitag nicht zum Boulevard Beaumarchais gegangen. Und ich vermied jede Begegnung mit Jubert. Vierzehn Tage später ist er mir wieder auf die Pelle gerückt.

»Man hat sich übrigens am Freitag Sorgen um dich gemacht.«

»Wer?«

»Madame Léonard hat mich gefragt, ob du krank seist.«

»Ich war sehr beschäftigt.«

Ich war sicher, dass Madame Léonard bloß deshalb von mir gesprochen hatte, weil ihre Nichte …

Sei's drum! Ich will mich nicht mit Einzelheiten aufhalten. Es fällt mir schwer genug, das eben Geschriebene nicht in den Papierkorb zu werfen.

Fast drei Monate lang hat Jubert vollkommen ahnungslos seine Rolle gespielt. Wir haben übrigens nicht versucht, ihm etwas vorzumachen. Jedes Mal holte er mich im Hotel ab. Jedes Mal band er mir die Krawatte, weil er meinte, ich verstünde nicht, mich korrekt zu kleiden. Und jedes Mal, wenn er mich allein in einer Ecke des Salons stehen sah, sagte er zu mir: »Du solltest dich um Louise kümmern. Du bist unhöflich.«

Und als wir gingen:

»Du irrst dich, wenn du glaubst, du interessiertest sie nicht. Im Gegenteil, sie mag dich sehr. Sie fragt mich ständig nach dir aus.«

Um Weihnachten herum verlobte sich das schielende Mädchen mit dem Klavierspieler, und von da an sah man die beiden nicht mehr am Boulevard Beaumarchais. Ich weiß nicht, ob Louises Verhalten die anderen zu entmutigen begann, ob wir weniger diskret waren, als wir dachten. Jedenfalls fanden sich von Freitag zu Freitag immer weniger Gäste bei Anselme und Géraldine ein.

Die große Aussprache mit Jubert fand im Februar in meinem Zimmer statt. An jenem Freitag fiel mir augenblicklich auf, dass er keinen Frack trug. Seine düster enttäuschte Miene war eines Tragöden der Comédie Française würdig.

»Ich bin *trotzdem* gekommen, um dir die Krawatte zu binden«, sagte er mit schiefem Grinsen.

»Bist du heute nicht frei?«

»Im Gegenteil, ich bin vollkommen frei. Frei wie ein Vogel, so frei, wie ich es noch nie gewesen bin.«

Er stand vor mir, meine weiße Krawatte in der Hand, und blickte mich fest an:

»Louise hat mir alles gesagt.«

Ich fiel aus allen Wolken. Mir hatte sie noch nichts gesagt, und auch ich hatte ihr nichts gesagt.

»Wovon sprichst du?«

»Von dir und ihr.«

»Aber …«

»Ich habe ihr die Frage gestellt. Ich bin deswegen gestern bei ihr gewesen.«

»Was für eine Frage?«

»Ich habe sie gefragt, ob sie mich heiraten will.«

»Und sie hat nein gesagt?«

»Sie hat nein gesagt. Sie habe mich sehr gern, ich würde immer ihr bester Freund bleiben, aber …«

»Hat sie von mir gesprochen?«

»Nicht direkt.«

»Und?«

»Ich weiß Bescheid. Ich hätte es schon am ersten Abend wissen müssen, als du die Kekse gegessen hast und sie dich so nachsichtig ansah. Wenn Frauen einen Mann, der sich so aufführt, wie du es getan hast, mit solcher Nachsicht ansehen …«

Armer Jubert! Wir haben ihn schon bald danach aus den Augen verloren und mit ihm die Herren vom Amt für Straßen- und Brückenbau – bis auf Onkel Léonard.

Jahrelang wussten wir nicht, was aus Jubert geworden war. Ich war schon fast fünfzig, als ich eines Tages in der Canebière in Marseille in eine Apotheke ging, um Aspirin zu kaufen. Ich hatte den Namen über dem Schaufenster nicht gelesen und hörte, wie jemand rief:

»Maigret!«

»Jubert!«

»Wie ist es dir ergangen? Aber was stelle ich dir diese Frage, ich Trottel! Ich weiß es ja längst aus der Zeitung. Wie geht es Louise?«

Dann berichtete er mir von seinem ältesten Sohn, der sich, welch freundliche Ironie des Schicksals, auf sein Examen in Straßen- und Brückenbau vorbereitete.

Nachdem auch Jubert nicht mehr am Boulevard Beaumarchais erschien, wurde der Kreis der Freitagsgäste immer kleiner. Und häufig war niemand da, um Klavier zu spielen. Dann spielte Louise, und ich blätterte die Seiten um, während ein, zwei Paare in dem nun viel zu großen Esszimmer tanzten.

Ich glaube, ich habe Louise keinen Heiratsantrag gemacht. Meistens sprachen wir von meiner Laufbahn, von der Polizei, vom Beruf des Inspektors.

Ich sagte ihr, wie viel ich verdienen würde, wenn man mich an den Quai des Orfèvres beriefe, fügte aber hinzu, dass das noch mindestens drei Jahre dauern werde und mein jetziges Gehalt nicht ausreiche, einen ordentlichen Hausstand zu gründen.

Ich berichtete ihr auch von den zwei oder drei Gesprächen, die ich mit Xavier Guichard geführt hatte, der damals schon der große Chef war, meinen Vater nicht vergessen und mich unter seine Fittiche genommen hatte.

»Ich weiß nicht, ob Sie Paris mögen. Denn, wissen Sie, ich werde mein ganzes Leben hier verbringen müssen.«

»Man kann in Paris ein ebenso friedliches Leben führen wie auf dem Land, nicht wahr?«

Eines Freitagabends schließlich fand ich am Boulevard Beaumarchais keinen einzigen Gast vor. Géraldine öffnete mir selbst die Tür, in einem schwarzseidenen Kleid, und sagte in feierlichem Ton:

»Treten Sie ein.«

Louise war nicht im Salon. Nirgendwo Schalen mit Gebäck. Im Kamin brannte kein Feuer. Es war Frühling geworden. Ich kam mir recht komisch vor in meinem Frack und den Lackschuhen und fand nichts, um mich anzulehnen. Also stand ich einfach da, den Hut in der Hand.

»Junger Mann, welche Absichten verfolgen Sie?«

Es war wohl einer der peinlichsten Augenblicke meines Lebens. Ihre Stimme klang kühl und vorwurfsvoll. Ich hielt meinen Blick auf den Teppich mit dem Rautenmuster gesenkt, auf dem sich der Saum eines schwarzen Kleides abzeichnete, unter dem ein sehr spitzer Schuh hervorschaute. Meine Ohren glühten.

»Ich schwöre Ihnen …«, stammelte ich.

»Ich verlange keinen Schwur von Ihnen. Ich frage Sie, ob Sie die Absicht haben, sie zu heiraten.«

Schließlich sah ich sie an, und ich glaube, ich

habe niemals so liebevollen Spott im Gesicht einer alten Frau gesehen.

»Aber natürlich!«

Dann sei ich – das hat man mir später oft genug erzählt – wie von der Tarantel gestochen aufgesprungen, um noch lauter zu wiederholen:

»Natürlich!«

Und beim dritten Mal soll ich fast geschrien haben:

»Natürlich, und ob!«

Sie dagegen erhob nicht einmal die Stimme, als sie rief:

»Louise!«

Louise, die hinter einer halb geöffneten Tür gestanden hatte, kam herein und war ebenso verlegen und rot wie ich.

»Was habe ich dir gesagt?«, fragte die Tante.

»Warum?«, fiel ich ein. »Hat sie es Ihnen nicht geglaubt?«

»Ich war nicht sicher. Es war Tante Géraldine, die ...«

Belassen wir es dabei. Ich bin überzeugt, die eheliche Zensur würde diese Passage streichen.

Der alte Léonard war, ehrlich gesagt, weniger erfreut und hat mir niemals verziehen, dass ich nicht dem Amt für Straßen- und Brückenbau angehörte. Er schüttelte nur den Kopf und sah mich an, als wäre die Welt aus den Fugen geraten.

»Sie werden Urlaub nehmen müssen, um nach Colmar zu fahren. Wie wäre es mit Ostern?«

Es war die alte Géraldine, die gleich mehrmals an Louises Eltern schrieb – um sie auf den Schock vorzubereiten, wie sie sagte.

Ich habe Ostern nur achtundvierzig Stunden Urlaub bekommen und den größten Teil dieser Zeit in Zügen verbracht, die damals nicht so schnell fuhren wie heute.

Ich wurde höflich, aber ohne jeden Überschwang empfangen.

»Ihr solltet euch eine Zeit lang nicht sehen. Das ist die beste Methode, um festzustellen, ob ihr beide ernste Absichten hegt. Louise wird den Sommer hier verbringen, und im Herbst kommen Sie dann wieder zu Besuch.«

»Darf ich ihr schreiben?«

»Nicht zu häufig. Sagen wir, einmal in der Woche.«

Heute klingt all das komisch, damals war es das ganz und gar nicht.

Ich hatte beschlossen, ohne dass sich darin die geringste Bosheit verbarg, dass Jubert der Brautführer sein sollte. Als ich ihn in der Apotheke am Boulevard Saint-Michel aufsuchen wollte, war er nicht mehr dort, und niemand wusste, was aus ihm geworden war.

Einen Teil des Sommers habe ich damit verbracht,

eine Wohnung zu suchen. Schließlich fand ich die am Boulevard Richard-Lenoir.

»Bis wir uns etwas Besseres leisten können, weißt du? Wenn ich zum Inspektor befördert werde …«

5

Wo es um ein kleines Durcheinander aus Nagelsocken, Apachen, Dirnen, Luftschächten, Gehsteigen und Bahnhöfen geht

Vor einigen Jahren hatten mehrere von uns den Plan, eine Art Club zu gründen oder, richtiger gesagt, ein allmonatliches Abendessen zu veranstalten, das »Dîner der Nagelsocken« heißen sollte. Wir hatten uns jedenfalls in der Brasserie Dauphine bei einem Aperitif zusammengesetzt, um zu besprechen, wer zugelassen werden sollte, und ernsthaft erörtert, ob die aus dem anderen Haus, also von der Rue des Saussaies, auch dazugehörten.

Aber dabei ist es geblieben.

In jener Zeit gab es unter den Kommissaren bei der Kriminalpolizei mindestens vier, die ziemlich stolz auf den Namen »Nagelsocken« waren, den uns die Chansonniers gegeben hatten und den manche junge Inspektoren, die kaum die Polizeischule hinter sich hatten, für uns »Alte« benutzten, die wir von der Pike auf gedient hatten.

Früher nämlich dauerte es viele Jahre, bis man

sich seine Sporen verdient hatte, bestandene Prüfungen allein genügten nicht. Ehe ein Inspektor auf Beförderung hoffen durfte, musste er sich in fast allen Abteilungen die Sohlen ablaufen.

Es ist nicht leicht, den nachfolgenden Generationen eine auch nur ungefähre Vorstellung von dem zu geben, was das bedeutete.

»Nagelschuhe« und »dicke Schnurrbärte«, diese Wörter kamen einem fast wie von selbst über die Lippen, wenn man von der Polizei sprach.

Und auch ich habe jahrelang Nagelschuhe getragen. Nicht weil es mir Spaß machte. Nicht weil wir diese Schuhe als den Gipfel der Eleganz und der Bequemlichkeit betrachteten – wie die Witzzeichnungen nahelegen –, sondern aus rein pragmatischen Gründen.

Genau genommen aus zwei Gründen. Erstens reichte unser Einkommen gerade eben aus, dass wir uns – wie man so sagt – über Wasser halten konnten. Ich höre oft von dem heiteren, sorglosen Leben in den ersten Jahren unseres Jahrhunderts sprechen. Die Jungen erwähnen neidvoll die Preise in jener Zeit: eine Havannazigarre kostete zwei Sous und das Abendessen, samt Wein und Kaffee, zwanzig Sous.

Dabei wird vergessen, dass ein Polizeibeamter zu Beginn seiner Laufbahn nicht mehr als hundert Franc verdiente.

Als ich noch im Streifendienst war, legte ich Tag für Tag – und oft waren es Dreizehn-, Vierzehn-stundentage – bei jedem Wetter unzählige Kilometer zu Fuß zurück.

So wurde das Besohlen der Schuhe zu einem der ersten Probleme unserer Ehe. Wenn ich meiner Frau am Monatsende meine Lohntüte brachte, teilte sie den Inhalt in mehrere kleine Häufchen ein.

»Für den Fleischer … für die Miete … für das Gas.«

Für das, was nicht lebensnotwendig war, blieb kaum etwas übrig.

»Für deine Schuhe.«

Ich träumte immer davon, mir neue zu kaufen, aber das blieb lange ein Traum. Oft gestand ich ihr wochenlang nicht, dass meine Sohlen durchlässig geworden waren und gierig das Regenwasser aufsogen.

Wenn ich hier davon spreche, dann nicht aus Groll, sondern im Gegenteil, weil es mich amüsiert und weil ich glaube, dass es notwendig ist, um sich so ein Polizistenleben vorzustellen.

Es gab noch keine Taxis, und selbst wenn die Straßen voll davon gewesen wären, hätten wir sie uns nicht leisten können, ebenso wenig wie die Droschken, die wir nur im äußersten Notfall benutzten.

Obendrein gehörte es zum Streifendienst dazu,

sich ständig auf der Straße zu bewegen, sich von früh bis spät und von spät bis früh unter die Passanten zu mischen.

Warum habe ich, wenn ich daran zurückdenke, vor allem Regen im Sinn? Als hätte es jahraus, jahrein immerzu geregnet, als wären die Jahreszeiten nicht die gleichen wie heute gewesen. Wahrscheinlich liegt es daran, dass der Regen unsere Arbeit noch zusätzlich erschwerte. Nicht nur die Schuhe wurden feucht. Die Schulterpartien des Mantels verwandelten sich in kalte Kompressen, der Hut triefte, und die blaugefrorenen Hände steckte man tief in die Taschen.

Die Straßen waren schlechter beleuchtet als heute. In den Außenbezirken waren viele nicht gepflastert. Abends zeichneten die Fenster gelbliche Vierecke ins Dunkel. In den meisten Häusern brannten noch Petroleumlampen oder gar Kerzen.

Und dann gab es noch die Apachen!

Um die Stadtmauern herum war es Mode geworden, des Nachts die Messer zu wetzen – und nicht nur um des Geldes, der Brieftasche oder Uhr braver Bürger willen.

Vor allem wollte man sich selbst beweisen, dass man ein Mann war und gefährlich. Man wollte den Straßenmädchen imponieren, die mit ihren schwarzen Faltenröcken und dicken Haarknoten im Licht der Gaslaterne warteten.

Wir waren nicht bewaffnet. Anders als die Leute es sich vorstellen, darf ein Polizist in Zivil keinen Revolver bei sich tragen, tut er es doch, verstößt er gegen die Vorschriften und handelt auf eigene Verantwortung.

Als junger Polizist konnte man sich das nicht erlauben. Und so gab es rings um La Villette, Ménilmontant und die Porte d'Italie etliche Straßen, die wir nur zögerlich betraten und wo der Widerhall unserer eigenen Schritte das Herz heftiger schlagen ließ.

Angesichts unseres schmalen Budgets blieb ein Telefon lange unerschwinglich für uns. Wenn ich mich um mehrere Stunden verspätete, konnte ich meine Frau nicht anrufen, sodass sie ganze Abende allein unter der Gaslampe im Esszimmer verbrachte, auf die Geräusche im Treppenhaus lauschte und vier- oder fünfmal das Essen aufwärmte.

Auch die Schnurrbärte auf den Witzzeichnungen entsprachen der Wirklichkeit. Galt nicht ein Mann ohne Schnurrbart als Lakai?

Ich hatte einen ziemlich langen mahagonifarbenen. Er war etwas dunkler als der meines Vaters und endete in gezwirbelten Spitzen. Später wurde er immer kürzer, bis er kaum mehr als eine Zahnbürste war, um schließlich ganz zu verschwinden.

Die meisten Inspektoren trugen tatsächlich pechschwarze Schnurrbärte, wie man sie von den Zeichnungen jener Zeit kennt. Das liegt daran, dass unser Beruf aus unerklärlichen Gründen eine ganze Zeit lang vor allem Leute aus dem Zentralmassiv angezogen hat.

Es gibt wenige Straßen in Paris, in denen ich mir nicht die Sohlen abgelaufen habe. Und dabei habe ich das ganze Straßenvölkchen kennengelernt, vom Bettler, Drehorgelspieler und der Blumenverkäuferin bis zum Kartenspieler und Taschendieb, nicht zu vergessen die Hure und die alte Säuferin, die die meisten Nächte auf der Polizeiwache verbringt.

Ich habe nachts Dienst in den Hallen gehabt, auf der Place Maubeuge, auf den Quais und unter den Brücken.

Auch auf Massenveranstaltungen war ich tätig – der mühsamste Dienst von allen –, auf der Foire du Trône, dem Jahrmarkt in Neuilly, bei den Rennen in Longchamps, bei patriotischen Kundgebungen, Militärparaden, bei Besuchen ausländischer Staatsoberhäupter, bei Umzügen, Wanderzirkussen und auf Flohmärkten.

Wenn man ein paar Monate, ein paar Jahre in diesem Beruf hinter sich hat, hat man eine ganze Sammlung von Gestalten und Gesichtern im Kopf, die man nie wieder vergisst.

Ich würde gern – aber das ist schwierig – unsere Beziehungen zu dieser Kundschaft, auch zu jenen, die wir immer wieder einbuchteten, genau beschreiben.

Ich muss wohl nicht erwähnen, dass das Interesse an der pittoresken Seite schon sehr bald verloren geht. Auf den Straßen von Paris wird unser Blick zwangsläufig professionell. Er heftet sich an vertraute Details, nimmt diese oder jene Besonderheit wahr und zieht daraus die Konsequenzen. Was mich jetzt, da ich von diesem Thema spreche, am meisten frappiert, ist das Band, das sich zwischen dem Polizisten und dem Wild knüpft, das er jagen muss. Außer in einigen sehr seltenen Fällen kennt der Polizist weder Hass noch Groll.

Auch Mitleid ist ihm fremd, in dem Sinn, den man gewöhnlich mit diesem Wort verbindet.

Unsere Beziehungen sind, wenn man so will, rein beruflicher Natur.

Wir sehen zu viel, wie man sich unschwer vorstellen kann, um uns über manches Elend und manche Perversionen noch zu wundern. Sodass wir uns über Letztere nicht empören und Ersterem gegenüber, anders als der unbedarfte Passant, keine Beklemmung verspüren.

Aber es gibt – und Simenon hat versucht, das deutlich zu machen, ohne dass es ihm gelungen wäre – ein Gefühl der Verbundenheit, so paradox dies scheinen mag.

Man lege mir keine Worte in den Mund! Wir stehen natürlich auf unterschiedlichen Seiten der Barrikade, aber in gewisser Weise sitzen wir auch im selben Boot.

Die Hure vom Boulevard de Clichy und der Inspektor, der sie überwacht, haben beide schlechte Schuhe und schmerzende Füße, weil sie stundenlang das Pflaster treten. Sie müssen denselben Regen, denselben eisigen Wind über sich ergehen lassen. Der Abend, die Nacht haben für sie dieselbe Farbe, und beide sehen, fast mit denselben Augen, die Kehrseite der Menschenmassen um sie herum.

Ebenso verhält es sich mit dem Taschendieb auf dem Jahrmarkt, der dem Dieb nicht ein Vergnügen, nicht Holzpferde, Schaubuden oder Pfefferkuchen bedeutet, sondern bloß eine Versammlung Hunderter Menschen und eine bestimmte Anzahl von Brieftaschen in den Jacken ahnungsloser Leute.

Wie dem Polizisten. Und der eine wie der andere erkennt auf den ersten Blick den selbstzufriedenen Provinzler, der das ideale Opfer sein wird.

Wie viele Male habe ich stundenlang einen notorischen Taschendieb verfolgt, den »Angler« zum Beispiel, wie wir ihn nannten. Er wusste, dass ich ihm auf den Fersen war, dass ich sein Tun und Lassen genau beobachtete. Er wusste, dass ich Bescheid wusste, und ich wusste, dass er wusste, dass ich da war.

Sein Beruf war es, sich trotzdem eine Brieftasche

oder eine Uhr zu »angeln«, mein Beruf war es, ihn daran zu hindern oder ihn auf frischer Tat zu ertappen.

Manchmal drehte er sich um und lächelte mich an. Und ich lächelte zurück. Es kam sogar vor, dass er mich ansprach und seufzte:

»Das wird ein hartes Stück Arbeit!«

Ich wusste, dass er vollkommen blank war und am Abend nur etwas zu kauen hätte, wenn der Coup glückte.

Und er wusste, dass ich monatlich nur hundert Franc verdiente, dass meine Schuhsohlen durchlöchert waren und meine Frau mich ungeduldig erwartete.

Ich habe ihn mindestens zehnmal verhaftet, in dem ich freundlich zu ihm sagte:

»Du bist geliefert.«

Und er war darüber fast so erleichtert wie ich. Schließlich würde er auf der Wache etwas zu essen bekommen und dort schlafen können. Einige dieser Kerle kennen das Haus so gut, dass sie sich erkundigen:

»Wer hat heute Dienst?«

Weil einige sie rauchen lassen, andere aber nicht.

Nachdem man mich in die Warenhäuser abkommandiert hatte, erschienen mir die Straßen plötzlich als der ideale Aufenthaltsort.

Statt in Regen, Kälte, Sonne und Staub verbrachte ich meine Tage nun in überheizten Räumen, in denen es nach Garn, Baumwolle, Linoleum und Zwirn roch.

In den Gängen, die die einzelnen Regalreihen voneinander trennten, waren damals Warmluftschächte installiert, aus denen trockene, heiße Luft aufstieg. Das war angenehm, wenn man durchnässt hereinkam. Man stellte sich über einen der Schächte und verbreitete augenblicklich eine Dampfwolke.

Nachdem man einige Stunden in der stickigen Luft zugebracht hatte, hielt man sich jedoch lieber in der Nähe der Türen auf, die jedes Mal, wenn sie sich öffneten, ein wenig Sauerstoff hereinließen.

Wichtig war, dass man wie ein beliebiger Kunde wirkte. Aber wie soll einem das zwischen Korsetts, Damenwäsche oder Seidengarnen gelingen?

»Folgen Sie mir bitte unauffällig.«

Manche verstanden sofort und kamen stumm mit ins Büro des Direktors. Andere empörten sich mit schriller Stimme oder bekamen einen Nervenzusammenbruch.

Dennoch, auch hier hatten wir es mit »Stammkundschaft« zu tun. Ob im Bon Marché, im Louvre oder im Printemps – immer wieder traf man alte Bekannte. Zumeist Frauen mittleren Alters, die unvorstellbare Mengen verschiedener Waren in einer zwischen Rock und Unterrock angebrachten Tasche verschwinden ließen.

Im Rückblick erscheinen mir jene anderthalb Jahre nicht lang, aber damals kam mir jede Stunde ebenso lang vor wie eine Stunde im Wartezimmer eines Zahnarztes.

»Bist du heute Nachmittag in den Galeries Lafayette?«, fragte mich meine Frau manchmal. »Ich habe dort einige Besorgungen zu machen.«

Wir sprachen nicht miteinander. Wir taten, als würden wir uns nicht kennen. Es war prächtig. Es beglückte mich, sie stolz von Abteilung zu Abteilung gehen zu sehen, wobei sie mir ab und zu einen heimlichen Blick zuwarf.

Ich glaube nicht, dass sie sich jemals gefragt hat, ob sie jemand anderen als einen Polizeiinspektor hätte heiraten können. Sie kannte die Namen aller meiner Kollegen und sprach von jenen, die sie noch nie gesehen hatte, von ihren Eigenheiten, ihren Erfolgen oder Niederlagen, als handelte es sich um alte Bekannte.

Es hat Jahre gedauert, bis ich mich eines Sonntagmorgens, an dem ich Dienst hatte, entschloss, sie in das berühmte Haus am Quai des Orfèvres zu führen. Nichts schien sie in Erstaunen zu versetzen. Sie bewegte sich, als wäre sie dort zu Hause und suchte nach all den Dingen, die sie aus meinen Erzählungen nur allzu gut kannte.

Ihre einzige Reaktion war:

»Es ist nicht so schmutzig, wie ich gedacht habe.«

»Warum sollte es hier schmutzig sein?«

»Räume, in denen sich nur Männer aufhalten, sind nie sehr sauber. Und es riecht dort anders.«

Das Depot, wo sie sich in Sachen Geruch bestätigt gefunden hätte, habe ich ihr nicht gezeigt.

»Wer sitzt da links?«

»Torrence.«

»Ist das der Dicke? Hätte ich mir denken können. Ein Kindskopf. Hat noch immer Spaß daran, seine Initialen in die Tischplatte zu ritzen. Und der, der so viel gelaufen ist, Père Lagrume?«

Da ich schon viel von Schuhen gesprochen habe, kann ich auch die Geschichte erzählen, die das Mitleid meiner Frau erregt hatte.

Lagrume, Père Lagrume, wie wir ihn nannten, war der Älteste von uns, hatte es aber nur bis zum Inspektor gebracht. Er war ein großer, trauriger Mann. Im Sommer litt er an Heuschnupfen, und sobald es kalt wurde, bekam er seine chronische Bronchitis und einen bellenden Husten, den man im ganzen Haus hörte.

Zum Glück war er nicht oft im Büro. Einmal sprach er von seinem Husten und erwähnte beiläufig: »Der Arzt sagt, ich soll mich viel an der frischen Luft aufhalten.«

Und damit war sein Schicksal besiegelt. Er hatte lange Beine und große Füße, und man vertraute ihm die aussichtslosesten Recherchen an, jene, die einen zwingen, kreuz und quer durch die ganze Stadt zu laufen, Tag um Tag, und ohne die geringste Hoffnung auf ein Ergebnis.

»Dafür ist Lagrume der richtige Mann!«

Alle wussten, was das bedeutete. Außer ihm selbst, der beflissen ein paar Hinweise in sein Notizbuch schrieb, seinen Schirm unter den Arm klemmte und sich, nachdem er allen zugenickt hatte, auf den Weg machte.

Ich frage mich heute, ob er sich seiner Rolle nicht doch bewusst war. Er hatte sich mit seinem Los abgefunden. Seit Jahr und Tag wartete seine kranke Frau in dem kleinen Haus in einem Vorort darauf, dass er heimkam und den Haushalt besorgte. Und nachdem seine Tochter geheiratet hatte, war es wohl wieder Lagrume, der sich nachts um das schreiende Baby kümmerte.

»Lagrume, du riechst mal wieder nach Windeln!«

In der Rue Caulaincourt war eine Frau ermordet worden. Ein gewöhnliches Verbrechen, von dem die Zeitungen wenig Aufhebens machten. Das Opfer war ja bloß eine kleine Rentnerin, die weder Verwandte noch Freunde hatte. Fast immer sind diese Fälle die schwierigsten.

Es ging auf Weihnachten zu, und in den Warenhäusern war viel zu tun. So musste ich mich mit diesem Fall nicht befassen, kannte aber wie alle im Haus den Stand der Ermittlungen.

Der Mord war mit einem Küchenmesser begangen worden, das am Tatort gefunden worden war und als einziges Indiz galt. Es war ein ganz gewöhnliches Messer, wie man es in Eisenwarenhandlungen, auf Basaren und bei Gemischtwarenhändlern erwerben kann, und der Hersteller, den man aufgespürt hatte, behauptete, er habe Zehntausende solcher Messer in Paris und Umgebung verkauft.

Es war neu. Der Täter hatte es offenbar für diesen Mord erstanden. Auf dem Griff stand noch der Preis.

Das ließ hoffen, dass man den Händler finden würde, der es verkauft hatte.

»Lagrume, kümmern Sie sich darum!«

Er wickelte es in Zeitungspapier, steckte es in seine Tasche und ging. Er brach zu einer Reise durch Paris auf, die neun Wochen dauern sollte.

Jeden Morgen fand er sich pünktlich im Büro ein, und jeden Abend verschloss er dort das Messer in einem Schubfach. Jeden Morgen steckte er es in seine Tasche, griff nach seinem Schirm und eilte mit einem Nicken in die Runde davon. Ich kenne die Zahl der Geschäfte – die Geschichte ist legendär geworden –, in denen ein Messer dieser Art verkauft worden sein konnte, eine schwindelerregend hohe Zahl. Wenn man bedenkt, dass allein Paris zwanzig Arrondissements hat, von den Vororten ganz zu schweigen.

Lagrume konnte keine Transportmittel benutzen. Er musste von Straße zu Straße, fast von Tür zu Tür gehen. Er hatte einen Stadtplan in der Tasche, auf dem er Stunde um Stunde ein paar Straßen ausstrich.

Ich glaube, seine Vorgesetzten wussten schließlich nicht mehr, mit welcher Aufgabe man ihn betraut hatte.

»Ist Lagrume verfügbar?«

Jemand antwortete, er sei dienstlich unterwegs, und damit war der Fall erledigt. Es war kurz vor Weihnachten, wie ich schon gesagt habe. Der Winter war regnerisch und kalt, das Pflaster glitschig. Aber Lagrume führte trotzdem seine Bronchitis und seinen bellenden Husten von morgens bis abends spazieren, ohne sich nach dem Sinn zu fragen.

In der neunten Woche – das neue Jahr hatte längst begonnen und es herrschte Eiseskälte – erschien er um drei Uhr nachmittags so ruhig und ernst wie immer am Quai, ohne das geringste Funkeln der Freude oder Erleichterung in den Augen.

»Ist der Chef da?«

»Hast du den Händler gefunden?«

»Ja.«

Nicht in einem Eisenwarengeschäft, nicht in einem Basar und auch nicht in einem Geschäft für Haushaltsartikel. Überall dort hatte er vergeblich nachgefragt.

Das Messer stammte aus einer Papeterie am Boulevard Rochechouart. Der Inhaber erkannte seine Handschrift wieder und erinnerte sich an einen jungen Mann mit grünem Schal, dem er es zwei Monate zuvor verkauft hatte.

Er konnte ihn sehr genau beschreiben. Der junge Mann wurde verhaftet und im Jahr darauf hingerichtet.

Und Lagrume? Er ist auf der Straße gestorben, nicht an seiner Bronchitis, an einem Herzschlag.

Bevor ich von den Bahnhöfen spreche und vor allem von der Gare du Nord, mit der ich noch eine alte Rechnung begleichen muss, werde ich kurz ein Thema berühren, das mir nicht sonderlich lieb ist.

Im Gespräch über meine Anfänge bei der Polizei hat man mich oft nach meinen verschiedenen Posten gefragt:

»Sind Sie auch bei der Sittenpolizei gewesen?«

So sagte man damals, heute nennt man sie verschämt »Brigade Mondaine«.

Wie die meisten meiner Kollegen habe ich ihr angehört, wenn auch nur für kurze Zeit. Gerade ein paar Monate.

Auch wenn ich heute weiß, dass es notwendig war, habe ich diese Zeit doch als verwirrend und unangenehm in Erinnerung.

Ich habe von der vertraulichen Beziehung gesprochen, die ganz natürlich zwischen den Polizeibeamten und jenen, die sie überwachen müssen, entsteht.

Auch auf diesem Gebiet ist es nicht anders. Ja, vielleicht ist sie dort sogar noch enger. Die Kundschaft jedes Inspektors, wenn ich so sagen darf, besteht aus einer recht übersichtlichen Anzahl von Frauen, die man fast immer an denselben Orten antrifft, vor der Tür eines bestimmten Hotels oder unter einer bestimmten Gaslaterne oder, auf gehobenem Niveau, auf den Terrassen bestimmter Brasserien. Ich war damals noch nicht so füllig, wie ich es mit den Jahren geworden bin, und habe wohl jünger gewirkt, als ich in Wirklichkeit war.

Wenn man sich an das Gebäck in der Wohnung am Boulevard Beaumarchais erinnert, wird man sich denken können, dass ich Frauen gegenüber ziemlich schüchtern war.

Die meisten Beamten der Sittenpolizei waren auf Du und Du mit den Mädchen, sie nannten sie bei ihren Vor- oder Spitznamen, und es war Tradition, dass sie sich gegenseitig, während die Mädchen nach einer Razzia in den Gefängniswagen verfrachtet wurden, lachend die ordinärsten und obszönsten Schimpfwörter an den Kopf warfen.

Die Damen hatten es sich auch angewöhnt, ihre Röcke zu heben und ihren Hintern zu zeigen, was sie zweifellos als die äußerste Beleidigung betrachteten und mit provozierenden Worten begleiteten.

Ich bin bestimmt in der ersten Zeit oft errötet, denn damals wurde ich noch leicht rot. Man hat mir meine Verlegenheit angemerkt. Denn eines ist gewiss: Mit Männern kennen diese Frauen sich aus.

Von Beginn an war ich die Zielscheibe, wenn schon nicht ihres Hasses, so doch ihres Spotts.

Am Quai des Orfèvres hat man mich nie bei meinem Vornamen genannt, und ich bin davon überzeugt, dass viele meiner Kollegen ihn nicht einmal kennen …

Wenn man mich um meine Meinung gefragt hätte, hätte ich ihn nicht gewählt, aber schämen muss ich mich seiner nun auch nicht.

Handelte es ich um den kleinen Racheakt eines Inspektors, der Bescheid wusste?

Mein Einsatzgebiet war das Quartier Sébastopol, in dem sich vor allem bei den Markthallen die billigsten Dirnen herumtrieben, darunter viele sehr alte Prostituierte, die dort eine Art Zuflucht fanden.

Auch junge, gerade erst aus der Bretagne oder anderen Landstrichen angereiste Dienstmädchen verdingten sich dort, sodass es zwei Extreme gab: Mädchen von sechzehn Jahren, um die sich die Zuhälter stritten, und alte Hexen, die sich sehr gut zu verteidigen wussten.

Eines Tages begannen sie, an meinen Nerven zu zerren.

Als ich an einer Alten vorüberging, die vor einem schäbigen Hotel Wurzeln geschlagen hatte, zeigte sie grinsend ihre faulen Zähne und rief:

»Bonsoir, Jules!«

Ich glaubte, sie hätte den Namen auf gut Glück fallen lassen, aber ein Stück weiter wurde ich auf dieselbe Weise begrüßt:

»Und, Jules?«

Wann immer sie seither in Grüppchen zusammenstanden und mich erblickten, brachen sie in Gelächter aus und ergingen sich in Bemerkungen, die sich hier nicht wiedergeben lassen.

Ich wusste, was manche an meiner Stelle getan hätten. Sie hätten ein paar von ihnen für eine Weile im Saint-Lazare eingebuchtet, damit sie ein wenig nachdenken konnten.

Das hätte als Exempel genügt und mir wahrscheinlich den nötigen Respekt eingebracht. Aber ich habe es nicht getan. Nicht unbedingt aus Gerechtigkeitsempfinden. Auch nicht aus Mitleid.

Wahrscheinlich, weil es ein Spiel war, das ich nicht spielen wollte. Ich tat lieber so, als hätte ich nichts gehört. Ich hoffte, sie würden dessen überdrüssig werden. Aber diese Frauen sind wie Kinder, die von einem Scherz nie genug kriegen.

Der berühmte Jules wurde zum Helden eines

Chansons, das sie zu singen oder zu grölen begannen, sobald ich mich zeigte.

Andere sagten zu mir, wenn ich ihre Papiere prüfte:

»Sei nicht so gemein, Jules! Du bist ein so süßer Kerl.«

Arme Louise! Ihre größte Angst war nicht, dass ich einer Versuchung erliegen könnte, sondern dass ich mir eine scheußliche Krankheit holte. Flöhe hatte ich schon. Wenn ich nach Hause kam, musste ich mich umgehend ausziehen und ein Bad nehmen, während sie meine Kleider auf dem Treppenabsatz oder am offenen Fenster ausbürstete.

»Was du heute nur wieder alles angefasst hast. Nimm die Nagelbürste!«

Erzählte man nicht, man könne sich bereits vom Trinken aus einem Glas die Syphilis holen?

Das alles ist nicht angenehm gewesen, aber ich habe gelernt, was ich lernen musste. Und hatte ich meinen Beruf nicht selbst gewählt?

Um nichts in der Welt hätte ich um eine Versetzung gebeten. Meine Vorgesetzten taten von sich aus das Nötige, vermutlich eher, weil sie auf den »Ertrag« bedacht waren, als aus Rücksicht gegen mich.

Ich wurde zur Bahnhofspolizei versetzt. Genauer gesagt, ich kam in ein düsteres, trostloses Gebäude namens Gare du Nord.

Wie in den großen Warenhäusern war man auch dort vor Regen geschützt. Aber nicht vor Kälte und Wind, denn nirgends in der Welt zieht es so sehr wie in einer Bahnhofshalle, wie in der Halle der Gare du Nord. Monatelang habe ich dem alten Lagrume mit einer Erkältung Konkurrenz gemacht.

Man soll aber nicht glauben, dass ich mich beklagen will und mit rachsüchtigem Behagen die Kehrseite der Medaille schildere.

Ich war vollkommen glücklich in meinem Beruf. Ich war glücklich, als ich durch die Straßen zog, und ich war es nicht weniger, als ich die sogenannten Kleptomanen in den Warenhäusern überführte.

Ich hatte das Gefühl, jedes Mal ein Stück weiterzukommen, ein Handwerk zu erlernen, dessen Vielseitigkeit mir von Tag zu Tag begreiflicher wurde.

Wenn ich zum Beispiel die Gare de l'Est sehe, umwölkt sich mein Gemüt, weil ich dann an die Mobilmachung denken muss. Die Gare de Lyon dagegen ebenso wie die Gare Montparnasse versetzen mich in Ferienlaune.

Die Gare du Nord, der kälteste und verkehrsreichste Bahnhof von Paris, lässt mich an den harten und bitteren Kampf ums tägliche Brot denken. Liegt es daran, dass von dort die Züge zu den Kohlengruben und in die Industriegebiete abgehen? Die ersten Nachtzüge, die morgens aus Belgien und Deutschland eintreffen, bringen meistens einige Betrüger und Schmuggler, mit Gesichtern so hart wie das Tageslicht, das durch das Glasdach fällt.

Nicht alle sind kleine Ganoven. Auch international tätige Schwarzhändler finden sich unter ihnen, samt ihren Agenten, Strohmännern, Helfershelfern; Männer, die mit hohen Einsätzen spielen und bereit sind, sich mit allen Mitteln zu verteidigen.

Kaum haben sich diese Reisenden verstreut, da treffen die Züge aus den Vororten ein. Sie kommen nicht aus den hübschen Dörfern im Westen oder Süden, sondern aus verrußten, vergifteten Ortschaften.

In die umgekehrte Richtung, das heißt nach Belgien, der nächsten Grenze, versuchen all jene zu entkommen, die aus verschiedensten Gründen auf der Flucht sind.

Hunderte von Leuten warten ungeduldig in dem Grau-in-Grau, das nach Rauch und Schweiß riecht, eilen von den Schaltern zur Gepäckabfertigung, blicken auf die Tafeln mit den Ankunfts- und Abfahrtszeiten, essen, trinken inmitten von Kindern, Hunden und Koffern, und fast immer sind es Reisende, die nicht ganz ausgeschlafen sind, die aus Angst, zu spät zu kommen, keine Ruhe finden konnten, oder einfach aus Angst vor dem Morgen, das sie woanders suchen wollen.

Ich habe sie stunden- und tagelang beobachtet,

habe unter diesen Gesichtern eines gesucht, das verschlossener wirkte, dessen Augen starrer blickten, das eines Mannes oder einer Frau, die ihre letzte Karte ausspielen.

Der Zug steht da und wird in wenigen Minuten abfahren. Nur noch hundert Meter, nur noch die Fahrkarte vorzeigen, die man fest in der Hand hält. Die Zeiger auf dem riesigen gelblichen Zifferblatt der Bahnhofsuhr rücken vor. Alles oder nichts! Freiheit oder Zuchthaus. Oder Schlimmeres.

Und da bin ich. Ein Foto in meiner Brieftasche oder eine Personenbeschreibung, manchmal auch nur die Beschreibung eines Ohrs.

Es kommt vor, dass man sich im selben Moment erkennt, dass sich die Blicke kurzschließen. Fast immer weiß der andere sofort Bescheid.

Das Weitere hängt von seinem Charakter ab, von dem Risiko, das er auf sich nimmt, von seinen Nerven, von einem winzigen technischen Detail, einer geöffneten oder geschlossenen Tür, einem Koffer, der sich zufällig zwischen uns befindet.

Manche versuchen zu fliehen. Dann beginnt eine Jagd durch die Menge der Reisenden hindurch, die protestieren oder ausweichen, durch stehende Waggons, über Gleise und Weichen.

Ich habe zwei Männer erlebt – der eine war blutjung –, die im Abstand von drei Monaten auf die gleiche Weise reagierten.

Beide steckten die Hand in die Tasche, als wollten sie eine Zigarette herausholen. Und im nächsten Augenblick schossen sie sich, mitten im Gewühl, den Blick auf mich gerichtet, eine Kugel in den Kopf.

Wir haben einander nichts verübelt.

Jeder tat nur seine Arbeit.

Sie hatten die Partie verloren, Punktum, und zogen die Konsequenzen.

Auch ich hatte verloren, denn meine Aufgabe war, sie lebendig vor Gericht zu bringen.

Ich habe Tausende von Zügen abfahren und Tausende ankommen sehen. Und immer das gleiche Gedränge, Menschenschlangen, die wer weiß welchem Ziel entgegenhasten.

Es ist bei mir wie bei meinen Kollegen zu einem Tick geworden. Selbst wenn ich nicht im Dienst bin, wenn ich mit meiner Frau – wie durch ein Wunder – in den Urlaub fahre, gleitet mein Blick über die Gesichter, und fast immer entdecke ich jemanden, der Angst hat, so sehr er sie auch zu verbergen versucht.

»Warum kommst du nicht? Was hast du?«

Erst, wenn wir uns in unserem Abteil eingerichtet haben, was sage ich?, erst wenn der Zug abgefahren ist, kann sich meine Frau sicher sein, dass aus dem Urlaub etwas wird.

»Was kümmert's dich? Du bist nicht im Dienst!«

Manchmal habe ich mich im Schlepptau meiner Frau ein letztes Mal seufzend nach einem Gesicht umgedreht und es dann in der Menge aus dem Blick verloren – zu meinem großen Bedauern.

Ich glaube nicht, dass es sich dabei nur um beruflichen Eifer oder Gerechtigkeitssinn handelt.

Ich wiederhole, es ist eine Partie, die da gespielt wird, eine endlose Partie. Und wenn man einmal damit begonnen hat, ist es schier unmöglich, wieder auszusteigen.

Das beweisen all jene von uns, die mehr oder weniger unfreiwillig pensioniert worden sind und daraufhin ein privates Detektivbüro eröffnet haben.

Das ist übrigens nur ein Notbehelf. Ich kenne niemanden, der nicht bereit wäre, wieder in den Dienst einzutreten, und sei es ohne Bezahlung, mag er auch dreißig Jahre lang das elende Leben eines Polizeibeamten verflucht haben.

Meine Erinnerungen an die Gare du Nord sind düster. Ich weiß nicht warum, aber ich sehe den Bahnhof immer im feuchten, dichten Nebel der Morgendämmerung, sehe Unmengen unausgeschlafener Menschen, die wie eine Herde zu den Bahnsteigen oder zur Rue de Maubeuge trotten.

Ich bin dort so mancher gestrandeten Existenz begegnet, und manche Verhaftung hat mir im Nachhinein eher Gewissensbisse als Genugtuung beschert.

Und doch, wenn es nach mir ginge, würde ich lieber meinen Posten an den Bahnsteigen beziehen, als von einem prächtigeren Bahnhof aus in einen sonnigen Winkel an der Côte d'Azur zu fahren.

6

Treppen, Treppen
und noch mehr Treppen!

Dann und wann und fast immer aus politischen Gründen kommt es in den Straßen zu Unruhen, in denen sich nicht nur die Unzufriedenheit des Volkes Luft macht.

Als würde sich auf einmal ein Riss auftun, als öffneten sich unsichtbare Schleusen, sieht man in den vornehmen Vierteln Gestalten auftauchen, von deren Existenz man dort im Allgemeinen nichts weiß. Wenn sie unter den Fenstern vorüberziehen, schaut man ihnen nach, als wären sie Schurken und Meuchelmörder, die dem tiefsten Mittelalter entsprungen sind.

Als es beim Aufruhr vom 6. Februar zu einem solchen gewalttätigen Ausbruch kam, wunderte ich mich vor allem über das Erstaunen, das die meisten Zeitungen am nächsten Tag bekundeten.

Die einige Stunden während Invasion des Pariser Stadtzentrums beunruhigte selbst diejenigen, die von Berufs wegen mit der dunklen Kehrseite einer Großstadt fast so vertraut sind wie wir, denn das waren keine Demonstranten mehr, diese ausgemergelten Gestalten, die Angst und Schrecken verbreiteten wie ein Rudel Wölfe.

Paris hat an jenem Tag wirklich Angst gehabt. Aber schon am nächsten Tag, als die Ordnung wiederhergestellt war, hat man vergessen, dass der Mob nicht vernichtet worden war, sondern sich lediglich in seine Schlupfwinkel zurückgezogen hatte.

Obliegt es nicht der Polizei, sie dort in Schach zu halten?

Kaum einer weiß, dass es bei der Kriminalpolizei eine Abteilung gibt, die sich ausschließlich mit den zwei- bis dreihunderttausend Nordafrikanern, Portugiesen und Osteuropäern befasst, die im 20. Arrondissement hausen oder vielmehr kampieren, unsere Sprache kaum oder gar nicht beherrschen und anderen Gesetzen, anderen Instinkten gehorchen als wir.

Am Quai des Orfèvres arbeiten wir mit Stadtplänen, auf denen mit Farbstift kleine Inseln eingezeichnet sind für die Juden in der Rue des Rosiers, die Italiener im Rathausviertel, die Russen an der Place des Ternes und der Place Denfert-Rochereau ...

Viele wollen nichts weiter als sich assimilieren und machen keine Schwierigkeiten. Aber es gibt auch solche, die sich einzeln oder in Gruppen bewusst absondern und, von der breiten Masse unbemerkt, ein mysteriöses Leben führen.

»Sind Sie nicht manchmal angewidert?«

Fast immer sind es die sogenannten anständigen Leute, die so fragen, mit einem leichten Zucken um die Lippen, das ich ebenso gut kenne wie ihre kleinen Heucheleien und schmierigen Geheimnisse.

Sie sprechen nicht von diesem oder jenem, sondern von allen, mit denen wir zu tun haben. Sie hätten es liebend gern, wenn wir ihnen schmutzige Details und unerhörte Laster enthüllen würden, das ganze Elend, damit sie sich darüber entrüsten können, während sie sich insgeheim daran weiden.

Diese Leute wenden gern das Wort »Abschaum« an.

»Dieser Abschaum, mit dem Sie es da zu tun haben!«

Ich antworte ihnen lieber nicht. Ich blicke sie auf eine bestimmte Art an, mit völlig ausdruckslosem Gesicht, und sie verstehen schon, was das bedeutet, werden verlegen und stellen keine Fragen mehr.

Ich habe viel auf der Straße gelernt, auf den Jahrmärkten und in den Warenhäusern, überall, wo sich Massen ansammeln.

Ich habe von meinen Erfahrungen in der Gare du Nord gesprochen.

Aber bei der Fremdenpolizei bin ich den Menschen erst wirklich begegnet, und zwar jenen, die den Bewohnern der vornehmen Viertel solche Angst einjagen, wenn sich die Schleusen zufällig einmal geöffnet haben.

Die Nagelschuhe waren nicht mehr notwendig, denn hier ging es weniger darum, kilometerweit die Straßen abzugehen, als vielmehr an Höhe zu gewinnen.

Jeden Tag überprüfte ich die Meldezettel in Dutzenden, ja Hunderten von Hotels, Pensionen zumeist, in denen es selten einen Fahrstuhl gab, man also sechs oder sieben Stockwerke hinaufsteigen musste, in stickigen Treppenhäusern, wo einem der beißende Geruch der Armut die Kehle zuschnürte.

Auch die großen Hotels mit den Drehtüren und den Portiers in Livree haben ihre Tragödien. Auch in ihre Geheimnisse steckt die Polizei täglich die Nase.

Aber diejenigen, die etwas auf dem Kerbholz haben und nur schwer zu fassen sind, finden meistens Unterschlupf in den Tausenden von namenlosen Absteigen, die von außen kaum als Hotels zu erkennen sind.

Wir gingen zu zweit. Wenn es sich um ein gefährliches Viertel handelte, waren wir manchmal auch zu mehreren. Wir warteten bis kurz nach Mitternacht, wenn die meisten Leute schlafen.

Schließlich setzte eine Art Albtraum ein, der immer gleich ablief. Er begann mit dem Nachtportier, dem Wirt oder der Wirtin, die hinter ihrem Schalter eingeschlafen waren, übel gelaunt aufwachten und vorauseilend in Deckung gingen.

»Sie wissen genau, dass es hier noch nie Ärger gegeben hat …«

Früher waren die Namen in Gästebüchern verzeichnet. Als der Personalausweis obligatorisch wurde, mussten Meldezettel ausgefüllt werden.

Einer von uns blieb unten, der andere ging hinauf. Manchmal waren die Mieter trotz aller Vorsichtsmaßnahmen vorgewarnt, und dann hörten wir schon im Erdgeschoss ein Summen wie in einem Bienenkorb, geschäftiges Kommen und Gehen in den Zimmern und verstohlene Schritte auf der Treppe.

Manchmal fanden wir ein Zimmer leer vor; das Bett war noch warm, und die Luke, die auf die Dächer ging, stand offen.

Gewöhnlich aber erreichten wir den ersten Stock, ohne jemanden aufzuschrecken. Wir klopften an eine Tür, und es ertönte ein Gemurmel, schließlich wurden Fragen laut, fast immer in einer fremden Sprache.

»Polizei!«

Dieses Wort verstehen sie alle. Und sie setzten sich in Bewegung, im Hemd oder splitternackt, Männer, Frauen, Kinder. Sie eilten im trüben Licht, in dem Gestank umher, öffneten seltsame Koffer und suchten darin nach den Papieren, die sie unter ihren Sachen versteckt hatten.

Man muss die Angst in den Augen gesehen haben, die Gesten der Schlafwandler oder die eigenartige Unterwürfigkeit, die einem nur bei Entwurzelten begegnet. Vielleicht kann man von stolzer Unterwürfigkeit sprechen.

Sie hassten uns nicht. Wir waren die Herren. Wir hatten – das glaubten sie zumindest – die allerfurchtbarste Macht: Wir konnten sie des Landes verweisen.

In Paris zu sein, hatte für manch einen Jahre der List und Geduld bedurft. Sie hatten das gelobte Land erreicht. Sie besaßen Papiere, echte oder falsche.

Und während sie uns diese Papiere reichten, immer in der Angst, wir könnten sie einstecken, bemühten sie sich instinktiv, uns mit einem Lächeln und ein paar Brocken Französisch zu besänftigen:

»Missié li commissaire …«

Viele Frauen verloren jeglichen Anstand. Manchmal sah man ein Zögern in ihrem Blick, während sie kaum merklich auf das ungemachte Bett deuteten. Lockte uns das nicht? Würde uns das nicht Vergnügen bereiten?

Dennoch, alle diese Leute waren stolz. Auf eine Art, die ich nicht zu beschreiben vermag. Der Stolz der Raubtiere?

Sie erinnerten tatsächlich an Raubtiere im Käfig, die uns vorüberziehen sehen, ohne zu wissen, ob wir sie schlagen oder streicheln werden.

Manchmal fuchtelte einer mit seinen Papieren herum und begann, von Panik erfasst, in seiner Muttersprache loszupoltern, die anderen zu Hilfe zu rufen und uns weiszumachen, er sei ein anständiger Mann, der Schein trüge und …

Manche weinten, andere hockten sich in eine Ecke und funkelten uns an, als wollten sie uns im nächsten Augenblick an die Kehle springen, dabei hatten sie sich längst mit ihrem Schicksal abgefunden.

Überprüfen der Personalien, so heißt das in der Verwaltungssprache. Jene, deren Papiere in Ordnung sind, dürfen in ihrem Zimmer bleiben, und man hört, wie sie mit einem Seufzer der Erleichterung die Tür abschließen.

Die anderen …

»Kommen Sie mit hinunter.«

Wenn sie es nicht verstehen, muss man es ihnen durch Gesten begreiflich machen. Und sie ziehen sich an, wobei sie vor sich hin sprechen. Sie wissen nicht, was sie mitnehmen sollen und dürfen. Manchmal holen sie, sobald wir ihnen den Rücken gekehrt haben, ihren Schatz aus irgendeinem Versteck und schieben ihn in die Tasche oder unter das Hemd.

Im Erdgeschoss bildet sich schließlich eine kleine schweigende Gruppe. Jeder denkt nur noch an seinen eigenen Fall und daran, wie er sich verteidigen wird.

In Saint-Antoine habe ich einmal in einem einzigen Zimmer sieben oder acht Polen vorgefunden, von denen die meisten auf dem nackten Boden schliefen.

Ein Einziger von ihnen war im Gästebuch verzeichnet. Wusste das der Wirt? Ließ er sich für die zusätzlichen Schläfer bezahlen? Es ist mehr als wahrscheinlich, aber beweisen lässt sich so etwas nie.

Die anderen hatten natürlich irgendetwas auf dem Kerbholz. Was taten sie, wenn sie früh morgens das Zimmer verlassen mussten?

Da sie keine Arbeitserlaubnis besaßen, war es ihnen unmöglich, ihren Lebensunterhalt mit geregelter Arbeit zu verdienen. Aber sie waren nicht verhungert, zu essen hatten sie also.

Und es gab und gibt Tausende, Zehntausende, denen es ebenso geht.

Man findet Geld in ihren Taschen oder auf einem Schrank versteckt, noch häufiger in ihren Schuhen. Es gilt herauszubekommen, wie sie es sich beschafft haben, und diese Verhöre sind anstrengend.

Selbst wenn sie Französisch verstehen, tun sie so, als verstünden sie kein Wort, blicken einem treuherzig in die Augen und beteuern unablässig ihre Unschuld.

Es ist sinnlos, ihre Kompagnons über sie auszufragen. Sie werden einander nicht verraten. Alle werden die gleiche Geschichte erzählen.

Im Durchschnitt werden nun aber fünfundsechzig Prozent der in Paris und Umgebung begangenen Verbrechen von Ausländern verübt.

Treppen, Treppen, immer wieder Treppen, nicht nur nachts, auch am Tag, und überall Mädchen, Prostituierte und andere, manche jung und sehr hübsch, die, Gott weiß warum, ihr Land verlassen haben und nach Paris gekommen sind.

Ich habe eine Polin gekannt, die sich mit fünf Männern ein Zimmer in der Rue Saint-Antoine teilte und sie zu üblen Gaunereien antrieb. Sie belohnte jene, die erfolgreich gewesen waren, auf ihre Art, während die anderen sich mühsam zusammenrauften, um schließlich in wilder Wut über erschöpfte Gewinner herzufallen.

Zwei von ihnen waren riesige Kerle. Aber die Polin hatte keine Angst vor ihnen. Mit einem Lächeln oder einem Stirnrunzeln hielt sie sie in Schach. Als ich die Bagage einmal in meinem Büro verhörte, habe ich gesehen, wie das Mädchen, nachdem ein Satz in ihrer Sprache gefallen war, einen der beiden Riesen seelenruhig ohrfeigte.

»Was Ihnen nicht alles unter die Augen kommt!«

Es kommt einem tatsächlich vieles unter die Augen: Männer, Frauen, alle Arten von Männern und Frauen, in allen möglichen Situationen, auf allen Stufen der Leiter. Man sieht sie, registriert und versucht zu verstehen.

Dabei geht es nicht um irgendein menschliches Geheimnis, das es zu lüften gilt. Diese Vorstellung gehört in einen Roman, und ich lehne sie mit aller Leidenschaft, ja geradezu zornig ab. Das hat mich bewogen, dieses Buch zu schreiben und einiges richtigzustellen.

Simenon hat es zu erklären versucht, das erkenne ich an. Dennoch ist es mir oft peinlich gewesen, mich in seinen Büchern ein bestimmtes Lächeln aufsetzen und eine bestimmte Haltung einnehmen zu sehen, die mir nicht entsprach. Meine Kollegen hätten darüber nur mit den Schultern gezuckt.

Der Mensch, der es am deutlichsten gespürt hat, ist wahrscheinlich meine Frau. Obwohl sie mich, wenn ich nach Hause komme, nie aus Neugier nach meiner Arbeit befragt.

Und ich mache ihr meinerseits auch keine sogenannten vertraulichen Mitteilungen.

Ich setze mich zu Tisch wie jeder Beamte, der aus dem Büro kommt. Manchmal erzähle ich in wenigen Worten, wie für mich selbst, von einer Begegnung, einem Verhör, von dem Mann oder der Frau, gegen die ich zu ermitteln hatte.

Wenn sie eine Frage stellt, ist es fast immer eine sachliche.

»In welchem Viertel?«

Oder:

»Wie alt?«

Oder auch:

»Seit wann ist sie in Frankreich?«

Weil diese Einzelheiten für sie inzwischen ebenso aufschlussreich sind wie für uns.

Sie fragt mich nicht nach den schmutzigen oder erbärmlichen Umständen. Und das hat weiß Gott nichts mit Gleichgültigkeit zu tun!

»Hat seine Frau ihn im Untersuchungsgefängnis besucht?«

»Heute Morgen.«

»Mit dem Kind?«

Sie interessiert sich besonders, aus Gründen, über die ich mich hier nicht auslassen will, für jene, die Kinder haben, und es wäre ein Irrtum zu glauben, dass Missetäter keine hätten.

Wir haben eins bei uns aufgenommen, ein kleines Mädchen, dessen Mutter zu lebenslänglichem Gefängnis verurteilt worden war, aber wir wussten, dass der Vater es zu sich nehmen würde, sobald er wieder ein normaler Mensch geworden war.

Sie besucht uns auch jetzt noch. Inzwischen ist sie eine junge Frau, und meine Frau genießt es, gemeinsam mit ihr Besorgungen zu machen.

Ich möchte noch einmal betonen, dass unser Verhalten Verdächtigen gegenüber weder von Empfindlichkeit noch Härte, weder von Hass noch Mitleid im üblichen Sinn des Wortes geprägt ist.

Wir befassen uns mit Menschen. Wir beobachten ihr Verhalten. Wir registrieren Tatsachen und versuchen, weitere festzustellen.

Unsere Erkenntnisse sind sozusagen technischer Natur.

Wenn ich als junger Inspektor ein zwielichtiges Hotel vom Keller bis zum Boden durchsuchte, in die zellenartigen Zimmer eindrang, die Leute im Schlaf überraschte, ihre Papiere unter die Lupe nahm, hätte ich beinahe voraussagen können, was aus jedem werden würde.

Gewisse Gesichter waren mir bereits vertraut, denn Paris ist zu klein, als dass man in einem gewissen Milieu nicht immerzu auf dieselben Gestalten stoßen würde.

Und es gibt Fälle, die einander aufs Haar gleichen. Gleiche Ursachen rufen bekanntlich gleiche Wirkungen hervor.

Der unglückliche Osteuropäer, der Monate, wenn nicht Jahre auf einen falschen Ausweis gespart hat und glaubt, er hätte es geschafft, wenn er über die Grenze gelangt ist, wird uns unweigerlich nach sechs Monaten oder höchstens einem Jahr in die Hände fallen.

Mehr noch: Wir können ihn in Gedanken schon von der Grenze aus verfolgen, voraussehen, in welchem Viertel, in welchem Restaurant, in welchem Hotel er landen wird.

Wir wissen, wen er für die echte oder falsche, in jedem Fall aber unerlässliche Arbeitserlaubnis aufsuchen wird. Wir brauchen ihn nur aus der Schlange zu ziehen, die sich jeden Morgen vor den großen Fabriken in Javel bildet.

Warum uns ärgern, warum ihm grollen, wenn er schließlich dort auftaucht, wo er auftauchen musste?

Genauso ist es mit dem kleinen, noch unschuldigen Dienstmädchen, das wir zum ersten Mal in gewissen Lokalen tanzen sehen. Soll man ihr sagen, sie möge doch zu ihrer Herrschaft zurückkehren und ihrem auffällig eleganten Kavalier künftig aus dem Weg gehen?

Es würde nichts nützen. Sie wird wieder dorthin gehen. Wir werden sie in anderen Lokalen sehen und dann eines schönen Abends vor einer Hoteltür bei den Markthallen oder der Bastille.

Jährlich nehmen im Durchschnitt zehntausend Mädchen diesen Weg, zehntausend verlassen ihre Dörfer, um als Hausmädchen nach Paris zu gehen, und tauchen nach wenigen Monaten oder Wochen unter.

Ist es denn so anders, wenn ein Junge von achtzehn oder zwanzig Jahren, der in der Fabrik gearbeitet hat, sich auf eine bestimmte Art zu kleiden beginnt, eine bestimmte Haltung annimmt, sich an die Theken gewisser Bars lehnt?

Es wird nicht lange dauern, und man wird ihn in einem neuen Anzug, mit Socken und einer Krawatte aus Kunstseide sehen.

Auch er wird schließlich bei uns landen, mit verschlagenem oder beschämtem Blick, nach einem versuchten Einbruch oder einem bewaffneten Raubüberfall, sofern er nicht der Legion der Autodiebe beigetreten ist.

Gewisse Zeichen trügen nie, und diese Zeichen haben wir beim Durchlaufen sämtlicher Abteilungen erkennen gelernt, während wir all die Kilometer abschritten, von einem Stockwerk zum nächsten stiegen, in jedes Elendsquartier eindrangen und in jede Menschenmenge.

Darum hat uns der Spitzname »Nagelsocken« nie geärgert. Ganz im Gegenteil.

Am Quai des Orfèvres gibt es kaum einen Beamten über vierzig, der nicht zum Beispiel alle Taschendiebe persönlich kennt. Man weiß sogar, wo man sie an einem bestimmten Tag findet, bei welcher Feierlichkeit, welcher Galavorstellung.

So wie man auch weiß, dass ein Juwelendiebstahl bevorsteht, weil ein Spezialist, den man selten auf frischer Tat erwischt hat, gerade knapp bei Kasse ist.

Er ist von seinem Hotel am Boulevard Haussmann in eine bescheidene Pension nahe der République gezogen. Seit vierzehn Tagen hat er seine Miete nicht bezahlt. Die Frau, mit der er zusammenlebt, macht ihm Szenen und hat sich schon lange keinen neuen Hut gekauft.

Man kann ihn nicht auf Schritt und Tritt verfolgen; so viele Kriminalbeamte gibt es nicht, als dass man jeden Verdächtigen beschatten könnte. Man bleibt ihm aber trotzdem auf den Fersen. Die Schutzpolizisten haben Anweisung, alle Juweliergeschäfte im Auge zu behalten.

Man weiß, wie er vorgehen wird, so und nicht anders.

Es klappt nicht immer. Das wäre zu schön. Dennoch kommt es vor, dass man ihn auf frischer Tat ertappt. Dann zum Beispiel, wenn man sich mit seiner Gefährtin diskret ins Benehmen gesetzt und ihr zu verstehen gegeben hat, dass ihr künftig einiges erspart bleibe, wenn sie uns behilflich ist.

In den Zeitungen wird viel über die Gangster berichtet, die am Montmartre oder in der Rue de la Fontaine miteinander abrechnen. Nächtliche Revolverschüsse findet die Leserschaft immer spannend.

Diese Fälle bereiten uns am Quai die geringsten Sorgen.

Wir kennen die rivalisierenden Banden, ihre Interessen und die Streitpunkte zwischen ihnen, wir wissen auch von dem Hass und dem Groll, den sie gegeneinander hegen.

Ein Verbrechen führt zum nächsten, aus Rache. Ist Luciano in einer Bar in der Rue de Douai niedergeschossen worden? Dann werden sich die Korsen unweigerlich kurze Zeit später rächen. Und fast immer gibt uns einer von ihnen den entscheidenden Hinweis.

»Gegen Dédé, den Plattfuß, ist was im Gange. Wenn er rausgeht, hat er immer zwei Killer dabei.«

An dem Tag, an dem Dédé niedergeschossen wird, stehen die Chancen neun zu zehn, dass uns ein – vermutlich anonymer – Anruf über alles in Kenntnis setzt.

»Einer weniger.«

Wir verhaften die Schuldigen trotzdem, aber das hat wenig Bedeutung, denn diese Leute bringen sich nur untereinander um, aus Gründen, die nur sie etwas angehen, im Namen ihrer eigenen Gesetze, die sie mit unerbittlicher Strenge anwenden.

Darauf spielte Simenon an, als er im Laufe unseres ersten Gesprächs rigoros erklärte:

»Berufsverbrecher interessieren mich nicht.«

Aber da wusste er noch nicht, was er inzwischen erfahren hat, dass es nur sehr wenige andere Verbrechen gibt.

Ich spreche nicht von Verbrechen aus Leidenschaft, die meistens nur das logische Ende einer sich zuspitzenden Krise zwischen zwei oder mehreren Personen sind.

Ich spreche auch nicht von den beiden Säufern, die an einem Samstag- oder Sonntagabend in ihrem Quartier mit dem Messer aufeinander losgehen.

Jenseits dieser Vorfälle sind zwei Arten von Verbrechen die häufigsten:

Die Ermordung einer alten alleinstehenden Frau durch einen oder mehrere junge Banditen und die Ermordung einer Prostituierten auf einem abgelegenen Gelände.

Was Ersteres anbelangt, so entgeht uns der Schuldige nur sehr selten.

Fast immer ist es einer von denen, die – ich habe schon davon gesprochen – nur wenige Monate zuvor die Arbeit in der Fabrik aufgegeben haben, weil sie unbedingt den großen Gangster spielen wollen.

Er hat ein Tabakgeschäft, ein Kurzwarengeschäft, irgendeinen kleinen Laden in irgendeiner verlassenen Straße ausgekundschaftet.

Er hat sich einen Revolver gekauft. Vielleicht reicht ihm auch ein Hammer oder ein Schraubenschlüssel.

Meistens kennt er das Opfer, und in mindestens einem von zehn Fällen hat die Frau ihm einmal etwas Gutes getan.

Er wollte sie nicht töten. Er hat sich einen Schal ums Gesicht gebunden, um nicht erkannt zu werden.

Der Schal ist heruntergerutscht, oder aber die alte Frau hat zu schreien begonnen.

Er hat geschossen. Er hat zugeschlagen. Wenn er geschossen hat, dann hat er sein ganzes Magazin geleert, ein Zeichen von Panik. Wenn er zugeschlagen hat, dann hat er es zehn-, zwanzigmal getan, in blinder Wut, wie man glaubt, aber in Wirklichkeit war er außer sich vor Angst.

Es wird manchen erstaunen, dass wir ihm, wenn er zusammengesunken vor uns sitzt und immer noch den Maulhelden spielt, nichts anderes zu sagen haben als:

»Idiot!«

Meistens kostet es sie den Kopf. Das Mindeste sind zwanzig Jahre, sofern sich ein guter Anwalt für ihren Fall interessiert.

Was die Prostituiertenmörder betrifft, so gleicht es einem Wunder, wenn wir sie zu fassen bekommen. Es sind die langwierigsten, die entmutigendsten, die ekelhaftesten Ermittlungen, die ich kenne.

Es beginnt mit einem Sack, den ein Schiffer mit seiner Stange irgendwo aus der Seine fischt. Die Leiche ist meist verstümmelt. Ohne Kopf, ohne Arme, ohne Beine.

Oft vergehen Wochen, bis eine Identifizierung

möglich ist. Meistens handelt es sich um eine Frau mittleren Alters, eine von denen, die ihre Freier nicht einmal mehr ins Hotel oder in ihr Zimmer mitnehmen, sondern sich mit einem Hauseingang oder dem Schutz eines Bretterzauns begnügen.

Man hat sie in ihrem Viertel lange nicht mehr gesehen, in jenem Viertel, das sich bei Einbruch der Nacht in Geheimnisse und stille Schatten hüllt. Die anderen Mädchen verlangt es nicht, Verbindung mit uns aufzunehmen. Auf unsere Fragen geben sie ausweichende Antworten.

Mit viel Geduld spürt man schließlich einige ihrer Stammkunden auf. Auch sie sind Einzelgänger, einsame, alterslose Männer, von denen nur eine verschwommene Erinnerung bleibt.

Hat man sie ihres Geldes wegen umgebracht? Das ist unwahrscheinlich. Sie hatte ja kaum etwas.

War es jemand aus einem anderen Viertel, ein Triebtäter, einer jener Verrückten, die in regelmäßigen Abständen von einer wilden Begierde gepackt werden, die genau wissen, was sie tun werden, und mit einer unglaublichen Klarsicht Vorsichtsmaßnahmen ergreifen, zu der andere Kriminelle nicht in der Lage wären?

Man weiß nicht einmal, wie viele es sind. Es gibt sie in jeder Großstadt. Nach vollbrachter Tat tauchen sie für kürzere oder längere Zeit wieder in der Anonymität unter.

Vielleicht sind es angesehene Leute, Familienväter, brave Beamte.

Niemand weiß, wie sie genau aussehen, und wenn wir zufällig einen erwischen, ist die Beweislage meist nicht ausreichend.

Wir haben ziemlich genaue Statistiken über alle Arten von Verbrechen.

Bis auf eines: den Giftmord.

Und die Schätzungen waren allesamt falsch, entweder zu hoch oder zu niedrig.

Alle drei oder sechs Monate will es der Zufall, dass ein Arzt in Paris oder in der Provinz, vor allem in der Provinz, in einem Städtchen oder Dorf, einen Toten etwas sorgfältiger untersucht und Auffälligkeiten feststellt.

Ich spreche von Zufall, denn meistens handelt es sich um einen seiner Patienten, um dessen Zustand er schon lange wusste. Er ist plötzlich gestorben, in seinem Bett, im Schoß der Familie, die alle üblichen Anzeichen der Trauer zeigt.

Die Verwandten hören nicht gern von einer Autopsie, und der Arzt entschließt sich nur dazu, wenn er einen starken Verdacht hegt.

Oder aber bei der Polizei trifft Wochen nach der Beerdigung ein anonymer Brief ein, der Details offenbart, die zunächst unglaublich erscheinen.

Ich erwähne das alles, um zu verdeutlichen, was alles ineinanderspielen muss, damit ein Ermittlungsverfahren dieser Art eröffnet wird. Die Formalitäten sind kompliziert.

Meistens handelt es sich um die Frau eines Bauern, die seit Jahren auf den Tod ihres Mannes wartet, um den Knecht heiraten zu können. Schließlich ist ihr der Geduldsfaden gerissen und sie hat der Natur ein wenig nachgeholfen, wie man so schön sagt.

Manchmal, wenn auch seltener, entledigt sich auf diese Weise auch der Mann seiner kranken Frau, die ihm zur Last geworden ist.

Man entdeckt sie durch Zufall. Aber in wie vielen Fällen spielt der Zufall nicht mit? Wir wissen es nicht. Wir können nur mutmaßen. Einige hier am Quai und drüben in der Rue de Saussaies glauben, dass von allen Verbrechen, insbesondere den ungesühnten, Giftmord am häufigsten vorkommt. Die anderen Morde, jene, für die sich die Romanciers und sogenannten Psychologen interessieren, sind selten und spielen in unserem Alltag nur eine geringfügige Rolle.

Diesen Teil unserer Arbeit aber kennt die Öffentlichkeit am besten. Simenon hat von diesen Fällen erzählt und wird es wohl auch künftig tun. Ich meine Verbrechen, die in Milieus begangen werden, in denen man am wenigsten damit rechnet, Verbrechen, die wie das Resultat eines langen, stillen Gärungsprozesses erscheinen.

Irgendeine saubere, wohlhabende Gegend in Paris oder anderswo. Leute, die eine komfortable Wohnung, ein geordnetes Familienleben, einen angesehenen Beruf haben.

Noch nie haben wir ihre Schwelle überschreiten müssen. Oft handelt es sich um ein Milieu, in das wir kaum zugelassen würden, in dem wir wie ein Schandfleck wirken, in dem wir uns zumindest fehl am Platz fühlen würden.

Aber jemand ist eines gewaltsamen Todes gestorben, und so läuten wir an der Tür und sehen vor uns verschlossene Gesichter, eine Familie, in der jeder sein Geheimnis zu haben scheint.

Hier nützt die in langen Jahren auf der Straße, in Bahnhöfen und Hotels erworbene Erfahrung nichts. Hier gibt es auch nicht den instinktiven Respekt der kleinen Leute vor der Autorität der Polizei.

Niemand muss befürchten, des Landes verwiesen zu werden. Niemand wird in ein Büro am Quai mitgenommen und einem stundenlangen Verhör unterzogen.

Wir haben es hier mit jenen anständigen Leuten zu tun, die uns unter anderen Umständen fragen würden:

»Sind Sie nicht manchmal angewidert?«

Sie widern uns an. Nicht sofort. Nicht immer. Denn unsere Aufgabe ist riskant und langwierig.

Vorausgesetzt der Telefonanruf eines Ministers, eines Abgeordneten, irgendeiner bedeutenden Persönlichkeit macht uns nicht gleich zu Beginn einen Strich durch die Rechnung.

Der Lack der Ehrbarkeit muss nach und nach abgetragen werden. Darunter finden sich zumeist abscheuliche Familiengeheimnisse, die wir um jeden Preis ans Licht bringen müssen, gegen jeden Widerstand und ungeachtet aller Drohungen.

Manchmal sind es fünf, sechs und mehr Personen, die uns in bestimmten Punkten einer wie der andere belügen und mit Arglist versuchen, die anderen hineinzureißen.

Simenon schildert mich gern als einen schwerfälligen, mürrischen Mann, der sich nicht wohl in seiner Haut fühlt, sein Gegenüber heimlich taxiert und seine Fragen herausbellt.

Und zwar dann, wenn es um sogenannte Amateurverbrechen geht, denen *immer* Eigennutz zugrunde liegt.

Und damit meine ich nicht finanzielle Interessen, nicht Verbrechen, die einer begeht, weil er dringend Geld braucht, wie im Fall der jungen Strolche, die alte Frauen ermorden.

Hinter vornehmen Fassaden geht es oft um kompliziertere Interessen, um langfristige Interessen, die sich mit der Sorge um die eigene Ehrbarkeit verbinden. Oft hat das Ganze schon vor Jahren seinen Anfang genommen, oft verbirgt sich ein ganzes Leben von Intrigen und schmutzigen Geschäften dahinter.

Wenn man sie endlich so weit hat, dass sie gestehen, treten die abscheulichsten Dinge zutage, vor allem aber, und zwar immer, eine Panik vor den Konsequenzen.

»Es ist doch unmöglich, dass unsere Familie in den Schmutz gezogen wird! Es muss doch eine Lösung geben.«

Und leider gibt es sie manchmal. Einige hätten von meinem Büro geradewegs in den Kerker der Santé wandern müssen, stattdessen aber sind sie von der Bildfläche verschwunden. Es gibt Einflüsse, gegen die ein Polizeiinspektor, selbst ein Kommissar, nichts vermag.

»Sind Sie nicht manchmal angewidert?«

Ich bin es nie gewesen, als ich bei der Fremdenpolizei arbeitete und meine Tage oder Nächte damit verbrachte, die Treppen in schmierigen und übervölkerten Hotels hinaufzusteigen, wo sich hinter jeder Tür maßloses Elend oder eine Tragödie verbarg.

Und ich war auch nie angewidert von den Tausenden Berufsverbrechern, die ich einkassiert habe.

Sie hatten ihre Partie gespielt und verloren. Fast alle waren gute Verlierer, und manche baten mich nach ihrer Verurteilung, sie im Gefängnis aufzusuchen, wo wir uns wie Freunde unterhielten.

Ich könnte hier mehrere nennen, die mich anflehten, ihrer Hinrichtung beizuwohnen und deren letzter Blick mir galt.

»Sie werden sehen, ich werde nicht mit der Wimper zucken.«

Sie taten ihr Möglichstes. Aber nicht immer gelang es ihnen. Ich nahm ihre letzten Briefe an mich, schrieb etwas dazu und brachte sie auf den Weg.

Wenn ich an einem solchen Tag nach Hause kam, stellte meine Frau keine Fragen. Sie brauchte mich nur anzublicken und wusste Bescheid.

Was die anderen betrifft, über die ich mich nicht weiter auslassen will, so wusste sie auch da, was sich hinter meiner schlechten Stimmung verbarg. Sie erkannte es daran, wie ich mich zu Tisch setzte, wie ich mir auftat, und drang nicht weiter in mich.

Was allzu deutlich zeigt, dass sie nie für den Straßen- und Brückenbau bestimmt war!

7

Wo es um einen triumphalen Morgen geht, triumphal wie eine Fanfare, und um einen jungen Mann, der nicht mehr dürr und noch nicht dick war

Ich spüre noch den Geruch und die Farbe der Sonne an jenem Morgen. Es war März. Der Frühling war schon da. Ich hatte mir bereits angewöhnt, so oft wie möglich zu Fuß vom Boulevard Richard-Lenoir zum Quai des Orfèvres zu gehen.

Ich hatte draußen nichts zu tun, sondern musste die Meldezettel der Hotels ordnen, und zwar in dem wohl düstersten Büro des ganzen Palais de Justice, im Erdgeschoss, mit nur einer kleinen Tür zum Hof, die ich offen gelassen hatte.

Ich setzte mich so nahe an die Tür, wie es meine Arbeit erlaubte. Ich erinnere mich an die Sonne, die den Hof in zwei Teile schnitt, und an einen Gefängniswagen. Die beiden Pferde stampften von Zeit zu Zeit mit den Hufen aufs Pflaster, und hinter ihnen dampfte ein schöner Haufen goldbrauner Rossäpfel in der noch kühlen Luft.

Ich weiß nicht, warum ich damals an die Schul-

pausen im Gymnasium denken musste, zur gleichen Jahreszeit, wenn die Luft plötzlich zu duf-
ten beginnt und die Haut vom Herumtoben nach
Frühling riecht.

Ich war allein im Büro. Das Telefon klingelte.

»Würden Sie Maigret bitte sagen, dass der Chef
ihn sprechen möchte?«

Es war die Stimme des alten Bürodieners von
oben, der fast fünfzig Jahre auf seinem Posten verbracht hat.

»Ich bin es selbst.«

»Dann kommen Sie bitte hoch.«

Selbst die breite, immer staubige Treppe wirkte
heiter, weil die Sonnenstrahlen, wie in einer Kir-
che, schräg hereinfielen. Der Morgenrapport war
gerade beendet. Zwei Kommissare, ihre Akten unterm Arm, unterhielten sich vor der Tür des großen
Chefs, als ich anklopfte.

Im Büro roch es noch nach den Pfeifen und Ziga-
retten der Männer, die eben hinausgegangen waren.
In Xavier Guichards Rücken stand ein Fenster offen, und sein seidiges weißes Haar schimmerte in
der Sonne.

Er reichte mir nicht die Hand. Das tat er im Büro
fast nie. Dabei waren wir Freunde geworden, genauer gesagt, er hatte meiner Frau und mir die Ehre
seiner Freundschaft zuteilwerden lassen. Zunächst
hatte er mich allein in seine Wohnung am Boulevard

Saint-Germain eingeladen. Sie lag nicht in dem noblen, snobistischen Teil, sondern gegenüber der Place Maubert in einem großen Neubau, der zwischen maroden Häusern und schäbigen Hotels aufragte.

Dann war ich mit meiner Frau bei ihm gewesen, und die beiden hatten sich sofort sehr gut verstanden.

Er verspürte bestimmt Zuneigung für sie und für mich, und doch hat er uns unwillentlich oft Kummer bereitet.

Zu Beginn pflegte er, wann immer er Louise sah, ihre Figur zu mustern. Wenn er uns dadurch verunsichert sah, räusperte er sich und sagte:

»Vergessen Sie nicht, dass ich Pate werden möchte!«

Er war ein eingefleischter Junggeselle. Außer einem Bruder, der Chef der Stadtpolizei war, hatte er keine Angehörigen in Paris.

»Und lassen Sie mich nicht zu lange warten …«

Jahre waren vergangen. Er musste etwas missverstanden haben, denn ich erinnere mich noch, mit welchen Worten er meine erste Gehaltserhöhung ankündigte:

»Das wird Ihnen vielleicht erlauben, mir ein Patenkind zu schenken.«

Er hat nie verstanden, warum wir erröteten, warum meine Frau die Augen niederschlug, während ich versuchte, ihr die Hand zu streicheln.

An jenem Morgen, im Gegenlicht, wirkte er sehr ernst. Ich war verlegen. Er bot mir keinen Stuhl an und musterte mich von Kopf bis Fuß, als wäre er ein Feldwebel und ich ein Rekrut.

»Wissen Sie, Maigret, dass Sie langsam dick werden?«

Ich war dreißig Jahre alt und nicht mehr dürr. Meine Schultern waren breiter geworden, mein Brustkasten größer, aber so korpulent wie heute war ich nicht.

Aber auf dem Weg dorthin. Ich muss damals etwas Weichliches, Kindliches an mir gehabt haben. Es fiel mir selbst auf, wenn ich an einem Schaufenster vorüberkam und einen beklommenen Blick auf mein Spiegelbild warf.

Ich war weder schlank noch dick. Kein Anzug passte mir mehr richtig.

»Ja, ich glaube, ich setze Fett an.«

Beinahe hätte ich mich dafür entschuldigt. Dass er mal wieder Spaß machte, hatte ich noch nicht bemerkt.

»Es wäre wohl das Beste, ich würde Sie versetzen.«

Es gab zwei Abteilungen, denen ich noch nicht angehört hatte, das Glücksspieldezernat und die Finanzabteilung. Letztere war mein Albtraum, so wie die Mathematikprüfung, die mich am Ende jedes Schuljahrs um meine Versetzung bangen ließ.

»Wie alt sind Sie jetzt?«

»Dreißig.«

»Ein schönes Alter! Der kleine Lesueur wird gleich heute Ihren Platz bei der Fremdenpolizei übernehmen, und Sie werden Kommissar Guillaume zur Verfügung stehen.«

Er hatte es leichthin gesagt, als wäre es vollkommen bedeutungslos, als wüsste er nicht, dass mir das Herz in der Brust hüpfen und eine Fanfare in meinen Ohren ertönen würde.

Plötzlich, an einem Vormittag, der wie dafür geschaffen schien – und ich bin mir nicht sicher, ob Guichard es nicht so eingerichtet hatte –, verwirklichte sich der Traum meines Lebens.

Endlich gehörte ich dem Sonderdezernat an.

Eine Viertelstunde später zog ich mit meiner alten Bürojacke, meiner Seife, meinem Handtuch, meinen Bleistiften und einigen Papieren ein Stockwerk höher.

Fünf oder sechs Männer saßen in dem großen Raum, der den Inspektoren des Morddezernats vorbehalten war, und bevor Kommissar Guillaume mich zu sich rief, ließ er mir wie einem neuen Schüler Zeit, mich häuslich einzurichten.

»Darauf trinken wir!«

Ich sagte nicht nein. Um zwölf Uhr führte ich meine neuen Kollegen stolz in die Brasserie Dauphine.

Ich hatte sie oft an ihrem Tisch sitzen sehen, wenn ich mit meinen ehemaligen Kollegen dort gewesen war. Wir hatten sie mit dem neidvollen Respekt betrachtet, den man im Gymnasium den Primanern zollt, weil sie schon ebenso groß sind wie die Lehrer und von diesen fast wie ihresgleichen behandelt werden.

Ein treffender Vergleich, denn Guillaume saß bei uns, und der Kommissar des zentralen Nachrichtendienstes gesellte sich auch bald dazu.

»Was trinken Sie?«, fragte ich.

In unserer Ecke hatten wir meist Bier getrunken und nur selten einen Aperitif. Aber an diesem Tisch war es offensichtlich anders.

Jemand sagte:

»Curaçao.«

»Curaçao für alle?«

Da niemand etwas einwandte, bestellte ich, ich weiß nicht wie viele, Curaçaos. Ich trank diesen Likör zum ersten Mal. Siegestrunken wie ich war, spürte ich den Alkohol kaum.

»Trinken wir noch einen?«

War dies nicht der Augenblick, da ich mich großzügig zeigen musste? Wir tranken ein drittes, ein viertes Glas, und auch mein neuer Chef wollte eine Runde ausgeben.

Die ganze Stadt war in Sonnenlicht getaucht, glitzernd lagen die Straßen da. Die hell gekleideten

Frauen sahen hinreißend aus. Ich schlängelte mich zwischen den Passanten hindurch, betrachtete mich in den Schaufenstern und fand mich überhaupt nicht dick.

Ich lief. Ich flog. Ich war vor Glück ganz aus dem Häuschen. Schon am Fuß der Treppe begann ich mit der Rede, die ich mir für meine Frau zurechtgelegt hatte.

Und fiel auf den letzten Stufen der Länge nach hin. Noch ehe ich mich erhoben hatte, öffnete sich die Wohnungstür. Louise hatte sich bestimmt Sorgen gemacht, weil ich so spät kam.

»Hast du dir weh getan?«

Seltsam, genau in dem Augenblick, als ich mich erhob, fühlte ich mich vollkommen betrunken und konnte es kaum fassen. Die Treppe drehte sich, und die Konturen meiner Frau verschwammen. Sie hatte mindestens zwei Münder und drei oder vier Augen.

Ob man es glaubt oder nicht, es war das erste Mal in meinem Leben, dass mir das passierte, und ich schämte mich so sehr, dass ich sie nicht anzublicken wagte. Ich schlich mich in die Wohnung wie ein Missetäter, ohne mich noch an die schönen Sätze zu erinnern, die ich vorbereitet hatte.

»Ich glaube … ich bin ein bisschen betrunken …«

Ich konnte nicht einmal mehr riechen. Der Tisch war vor dem offenen Fenster für uns beide gedeckt.

Ich hatte mir gelobt, sie in ein Restaurant auszuführen, aber ich wagte nicht mehr, es vorzuschlagen.

Und so verkündete ich beinahe düster:

»Es ist so weit!«

»Was denn?«

Vielleicht glaubte sie, man habe mich hinausgeworfen.

»Ich bin versetzt worden.«

»Wohin?«

Anscheinend hatte ich dicke Tränen der Scham in den Augen – aber auch der Freude, als ich sagte:

»Ins Morddezernat.«

»Setz dich. Ich werde dir eine Tasse schwarzen Kaffee machen.«

Sie wollte, dass ich mich hinlegte, aber ich konnte doch nicht schon am ersten Tag meinen neuen Posten im Stich lassen. Ich habe, ich weiß nicht wie viele Tassen Kaffee getrunken. Trotz Louises Drängen habe ich keinen Bissen hinuntergebracht. Ich nahm eine Dusche.

Als ich mich um zwei auf den Weg zum Quai des Orfèvres machte, hatte ich glänzende Augen und rosige Wangen. Ich fühlte mich schlapp, und mein Kopf war leer.

Ich setzte mich in meine Ecke und sprach so wenig wie möglich, weil meine Stimme brüchig klang und ich womöglich die Silben durcheinanderbringen würde.

Am nächsten Tag wurde ich, als wollte man mich auf die Probe stellen, zu meiner ersten Verhaftung geschickt. Es war in der Rue du Roi-de-Sicile, in einer Pension. Der Mann wurde seit fünf Tagen beschattet. Er hatte mehrere Morde auf dem Gewissen. Er war Ausländer, ein Tscheche, wenn ich mich recht erinnere. Ein brutaler Kerl, stets bewaffnet, immer wachsam.

Es galt, ihn kampfunfähig zu machen, ehe er sich verteidigen konnte, denn er war einer von denen, die wild um sich schießen und so viele Leute wie möglich töten, ehe sie sich selbst niederstrecken lassen.

Er wusste, dass er in der Falle saß. Die Polizei war ihm auf den Fersen. Man wartete nur noch auf den passenden Augenblick.

Auf der Straße bewegte er sich immer mitten im Gewühl, da er wusste, dass wir Unbeteiligte nicht gefährden würden.

Man hatte mich Inspektor Dufour zur Seite gestellt, der seit Tagen auf ihn angesetzt und über sein Tun und Lassen im Bilde war.

Ich verkleidete mich – auch das zum ersten Mal. Wären wir in unserer üblichen Kleidung in der schmierigen Pension aufgetaucht, hätten wir eine Panik ausgelöst und dadurch unserem Mann vielleicht die Flucht ermöglicht.

Dufour und ich haben uns alte Lumpen angezogen und uns nicht rasiert, um noch glaubwürdiger zu wirken.

Ein junger Inspektor, der sich auf Schlösser verstand, hatte sich in die Pension begeben und einen passenden Schlüssel für die Zimmertür angefertigt.

Wir bezogen ein Zimmer im selben Stock, noch ehe der Tscheche am Abend zurückkam. Es war kurz nach elf, als uns ein Signal von draußen anzeigte, dass er die Treppe hinaufstieg.

Der Plan war nicht von mir, sondern vom dienstälteren Dufour.

Der Mann schloss sich in seinem Zimmer ein, legte sich angezogen auf sein Bett und hatte mit Sicherheit mindestens einen geladenen Revolver in Reichweite.

Wir schliefen nicht. Wir warteten auf die Dämmerung. Wenn man mich fragte, warum, würde ich sagen, was mein Kollege sagte, als ich ihm damals dieselbe Frage stellte.

Der erste Reflex des Mörders, sobald er uns hörte, wäre zweifellos gewesen, die Gaslampe zu zerschlagen, die in seinem Zimmer brannte. Wir hätten uns im Dunkeln befunden und wären ihm gegenüber im Nachteil gewesen.

»In der Morgendämmerung ist der Mensch weniger widerstandsfähig«, erklärte Dufour, wovon ich mich bald überzeugen konnte.

Wir schlichen durch den Flur. Ringsum schlief

alles. Mit äußerster Vorsicht drehte Dufour den Schlüssel im Schloss.

Da ich der Größere und Schwerere war, sollte ich mich als Erster auf ihn stürzen. Mit einem Satz landete ich auf dem Mann, der im Bett lag, und packte ihn an allem, was ich packen konnte.

Ich weiß nicht, wie lange der Kampf gedauert hat, es kam mir vor wie eine Ewigkeit. Irgendwann wälzten wir uns auf dem Boden. Dicht vor meinen Augen sein wutverzerrtes Gesicht. Vor allem erinnere ich mich an sehr große blendendweiße Zähne. Eine Hand griff sich mein Ohr und riss heftig daran.

Ich sah nicht, was mein Kollege tat, aber plötzlich nahm ich einen Ausdruck des Schmerzes im Gesicht meines Gegners wahr. Ich fühlte, wie sich seine Umklammerung lockerte, und wandte mich um. Inspektor Dufour, der im Schneidersitz auf dem Fußboden saß, hielt einen Fuß des Mannes in den Händen, und ich hätte schwören mögen, dass er ihn mindestens zweimal umgedreht hatte.

»Handschellen!«, befahl er.

Ich hatte sie bisher weniger gefährlichen Individuen und auch widerspenstigen Mädchen angelegt. Es war das erste Mal, dass ich mit gewaltsamen Mitteln eine Verhaftung vornahm und dass das Klicken der Handschellen einen Kampf beendete, der übel für mich hätte ausgehen können.

Wenn man vom Gespür eines Polizeibeamten, seinen Methoden oder seiner Intuition spricht, möchte ich immer antworten:

»Und was ist mit dem Gespür Ihres Schusters, Ihres Bäckers?«

Beide sind jahrelang in die Lehre gegangen. Beide kennen sich aus in ihrem Beruf, mit allem, was dazugehört.

Nicht anders ist es mit einem Mann vom Quai des Orfèvres. Und darum sind alle Geschichten, die ich gelesen habe, darunter die meines Freundes Simenon, bloß halbwahr.

Wir sitzen in unserem Büro und schreiben Berichte, denn auch das, man vergisst es allzu oft, gehört zu unserem Beruf. Ich möchte sogar sagen, wir verbringen viel mehr Zeit mit Verwaltungskram als mit der eigentlichen Ermittlungsarbeit.

Gerade meldet man uns einen älteren Herrn, der im Wartezimmer sitzt und sehr nervös zu sein scheint. Er will sofort den Leiter der Kriminalpolizei sprechen. Es hat keinen Zweck, ihm zu sagen, der Chef habe keine Zeit, alle Leute zu empfangen, die herkommen und ihn persönlich sprechen möchten, weil sie ihr kleines Anliegen für das einzig wichtige halten.

Es gibt einen Satz, der ewig wiederkehrt, wie ein Refrain, und den der Bürodiener vorträgt wie eine Litanei:

»Es geht um Leben und Tod.«

»Empfängst du ihn, Maigret?«

Neben dem Büro der Inspektoren gibt es für diese Unterhaltungen ein kleines Büro.

»Nehmen Sie Platz. Zigarette?«

Meist haben wir den Beruf des Besuchers, seine gesellschaftliche Stellung erraten, noch ehe er sich dazu geäußert hat.

»Es ist eine sehr delikate, sehr persönliche Angelegenheit.«

»Ihre Tochter?«

Ein Bankkassierer oder ein Versicherungsagent, ein Mann, der ein ruhiges, geregeltes Leben führt.

Es handelt sich um seinen Sohn oder seine Tochter oder seine Frau, und wir können fast Wort für Wort vorwegnehmen, was er uns sagen wird.

Nein. Sein Sohn hat kein Geld aus der Kasse seines Chefs genommen. Seine Frau ist nicht mit einem Jüngeren durchgebrannt.

Es geht um seine Tochter, ein wohlerzogenes junges Mädchen, dem man nie etwas nachsagen konnte. Sie traf sich nicht mit Männern, lebte bei ihren Eltern und half ihrer Mutter im Haushalt.

Ihre Freundinnen waren ebenso zuverlässig. Sie ging sozusagen nie allein aus.

Dennoch ist sie verschwunden und hat einen Teil ihrer Sachen mitgenommen.

Was soll man dazu sagen? Dass jeden Monat

sechshundert Personen in Paris verschwinden und dass man nur ungefähr zwei Drittel davon wiederfindet?

»Ist Ihre Tochter sehr hübsch?«

Er hat mehrere Fotos mitgebracht. Sie könnten ja nützlich sein. Wenn sie hübsch ist, umso schlimmer, dadurch verringern sich die Chancen. Wenn sie dagegen hässlich ist, kommt sie wahrscheinlich in einigen Tagen oder Wochen zurück.

»Sie können sich auf uns verlassen. Wir werden alles Notwendige veranlassen.«

»Wann?«

»Sofort.«

Er wird täglich, ja zweimal täglich anrufen, und wir können ihm nichts weiter sagen, als dass wir noch keine Zeit hatten, uns mit der jungen Dame zu befassen.

Fast immer ergibt eine kurze Untersuchung, dass ein junger Mann, der im selben Haus wohnte, der Sohn des Lebensmittelhändlers oder der Bruder einer ihrer Freundinnen am selben Tag verschwunden ist. Man kann nicht ganz Paris oder womöglich ganz Frankreich eines jungen Mädchens wegen durchkämmen. Also wird ihr Foto eine Woche später nur die Sammlung der Aufnahmen vergrößern, die in den Kommissariaten, in den verschiedenen Polizeidienststellen und an den Grenzposten herumliegen.

Elf Uhr abends. Ein Anruf der Einsatzzentrale im gegenüberliegenden Gebäude der Stadtpolizei, wo alle Notrufe gebündelt eingehen und auf einer gewaltigen Leuchttafel angezeigt werden.

Das Polizeirevier am Pont-de-Flandre ist soeben benachrichtigt worden, dass in einer Bar in der Rue de Crimée etwas Scheußliches passiert ist.

Um dorthin zu gelangen, muss man ganz Paris durchqueren. Heute verfügt die Kriminalpolizei über mehrere Wagen, früher musste man eine Droschke, später dann ein Taxi nehmen, ohne zu wissen, ob man die Kosten erstattet bekam.

Die Bar liegt an einer Straßenecke, sie ist noch offen. Eine Scheibe ist eingeschlagen, und ein paar Gestalten halten sich etwas abseits, denn in diesem Viertel geht man der Polizei lieber aus dem Weg.

Die uniformierten Polizisten sind schon da. Ebenfalls ein Krankenwagen und der hiesige Kommissar oder sein Sekretär.

Zwischen Sägemehl und Spucke, in einer Blutlache, liegt ein Mann, zusammengekrümmt, eine Hand auf der Brust, aus der noch Blut fließt.

»Tot!«

Neben ihm ein Köfferchen, das wohl mit ihm zu Boden gegangen ist. Der Deckel ist aufgesprungen, pornografische Karten sind herausgefallen. Der Wirt, dem nicht wohl zumute ist, zeigt sich sehr beflissen.

»Es war wie immer ruhig. Dies ist ein friedliches Lokal.«

»Haben Sie ihn vorher schon einmal gesehen?«

»Nein, noch nie.«

Das war vorauszusehen. Er kennt ihn wahrscheinlich wie seine Westentasche und wird doch bis zum Schluss behaupten, der Mann habe seine Bar an diesem Tag zum ersten Mal betreten.

»Wie ist das passiert?«

Der Tote ist ein unscheinbarer Mann. Schwer zu sagen, wie alt er ist. Seine Kleidung ist alt und schmuddelig, der Hemdkragen starrt vor Dreck.

Es ist überflüssig, nach Angehörigen oder seiner Wohnung zu suchen. Er ist wahrscheinlich von einer Pension zur nächsten gezogen. Seinem Gewerbe wird er bei den Tuilerien und beim Palais Royal nachgegangen sein.

»Es waren drei oder vier Gäste da ...«

Aber sie sind natürlich längst fort und werden auch nicht wiederkommen, um als Zeugen auszusagen.

»Kennen Sie sie?«

»Flüchtig. Nur vom Sehen.«

Bei Gott! Diese Antworten kann man sich genauso gut selbst geben.

»Ein Fremder ist reingekommen und hat sich ans andere Ende der Theke gestellt, genau dem da gegenüber.«

Die Theke hat die Form eines Hufeisens. Es liegen umgestoßene Gläser darauf. Es riecht stark nach billigem Schnaps.

»Sie haben nicht miteinander gesprochen. Der Erste schien Angst zu haben. Er hat die Hand in die Tasche gesteckt, um sein Portemonnaie herauszuziehen ...«

Das stimmt. Der Tote hat keine Waffe bei sich.

»Der andere hat ohne ein Wort seine Pistole herausgezogen und dreimal geschossen. Er hätte bestimmt weitergeschossen, wenn die Pistole nicht eine Ladehemmung gehabt hätte. Dann hat er seelenruhig seinen Hut in die Stirn gezogen und ist gegangen.«

Die Sache ist sonnenklar; es bedarf keiner besonderen Eingebung. Das Milieu, in dem man suchen muss, ist begrenzt.

Es gibt nicht viele Leute, die mit pornografischen Karten handeln. Wir kennen sie fast alle. Immer wieder fallen sie uns in die Hände, verbüßen eine kleine Gefängnisstrafe und machen dann einfach weiter.

Die Schuhe des Toten – er hatte schmutzige Füße und löchrige Strümpfe – tragen das Etikett einer Berliner Firma.

Er ist ein Neuling. Man hat ihm gewiss zu verstehen gegeben, dass auf diesem Terrain kein Platz für ihn sei. Oder aber er war ein Zwischenhändler und hat das Geld seiner Auftraggeber für sich behalten.

Die Ermittlungen werden drei, vielleicht vier Tage dauern. Kaum länger. Die Fremdenpolizei wird umgehend eingeschaltet und schon am folgenden Abend wissen, wo das Opfer wohnte.

Das Sittendezernat wird, mit seinem Foto ausgestattet, ebenfalls ermitteln.

Noch am selben Nachmittag wird man bei den Tuilerien einige Männer verhaften, die diskret versuchen, den Passanten den gleichen Schund zu verkaufen.

Man wird nicht sehr sanft mit ihnen umgehen. Immerhin etwas sanfter als früher.

»Kennst du diesen Kerl?«

»Nein.«

»Bist du ganz sicher, dass du ihn noch nie gesehen hast?«

Es gibt im Untergeschoss eine kleine, sehr dunkle Arrestzelle, nicht viel größer als ein Schrank, wo man dem Gedächtnis solcher Leute auf die Sprünge hilft. Es kommt selten vor, dass sie nicht nach ein paar Stunden gegen die Tür hämmern.

»Ich glaube, ich habe ihn schon mal gesehen ...«

»Wie heißt er?«

»Ich kenne nur seinen Vornamen: Otto.«

Langsam wird sich das Knäuel entwirren, sich entrollen wie ein Bandwurm, bis zum Schluss.

»Er ist schwul.«

Gut. Die Tatsache, dass es sich um einen Schwulen handelt, schränkt das Fahndungsgebiet noch weiter ein.

»Verkehrte er in der Rue de Bondy?«

Davon war auszugehen. Es gibt dort eine schummrige kleine Bar, in der fast alle Schwulen aus einer bestimmten Schicht – der untersten – verkehren. Eine weitere, die zu einer Touristenattraktion geworden ist, befindet sich in der Rue de Lappe.

»Mit wem hast du ihn gesehen?«

Das ist ungefähr alles. Jetzt bleibt nur noch, den Täter, wenn man ihn verhaftet hat, zu einem Geständnis zu bringen und dazu, sein Geständnis zu unterschreiben.

Nicht alle Fälle sind so einfach. Manche Ermittlungen beanspruchen Monate, manche sogar Jahre, und oft fasst man den Schuldigen auch dann nur durch Zufall.

In all diesen Fällen, oder fast allen, ist das Verfahren das gleiche.

Entscheidend ist, dass man sich *auskennt*.

Man muss das Milieu kennen, in dem ein Verbrechen begangen wurde, die Lebensart, die Gewohnheiten, Sitten, Reaktionen der Beteiligten, der Opfer, Täter oder einfachen Zeugen. Man muss ihre Welt ungerührt und selbstbewusst betreten und ihre Sprache sprechen.

Darauf kommt es an. Ob es sich nun um ein Bistro in La Villette oder eines bei der Porte d'Italie handelt, um Araber, Polen oder Italiener, um die Dirnen an der Place Pigalle oder die Gauner an der Place des Ternes. Und das gilt auch für die Welt der Buchmacher und Glücksspieler, der Panzerknacker und Juwelendiebe.

Darum vertun wir nicht unsere Zeit, wenn wir jahrelang die Straßen ablaufen, Treppe um Treppe erklimmen oder Diebinnen in den Warenhäusern aufgreifen.

Es sind unsere Lehrjahre, nur dass sie anders als beim Schuster oder Bäcker fast das ganze Leben lang dauern, weil die Zahl der verschiedenen Milieus nahezu unendlich ist.

Die Straßenmädchen, die Taschendiebe, die Glücksspieler, die Einbrecher und Scheckbetrüger erkennen sich untereinander.

Man könnte das Gleiche von den Polizeibeamten sagen, die eine bestimmte Anzahl von Dienstjahren vorweisen. Und dazu sind weder Nagelschuhe noch Schnurrbärte nötig.

Ich glaube, man erkennt sich am Blick, an einer bestimmten Reaktion – oder vielmehr dem Ausbleiben einer Reaktion – auf gewisse Menschen, Miseren und Anomalien.

Die Romanciers mögen es uns verzeihen: Ein Polizist ist vor allem ein Fachmann. Ein Beamter.

Er spielt kein Ratespiel, begeistert sich nicht für Verfolgungsjagden.

Wenn er eine Nacht im Regen verbringt, um eine Tür zu überwachen, die sich nicht öffnet, oder ein erleuchtetes Fenster, wenn er auf den Terrassen der Boulevards geduldig nach einem bekannten Gesicht sucht oder stundenlang einen vor Angst bleichen Menschen verhört, erfüllt er schlichtweg seine Pflicht.

Er bemüht sich also, das Geld, das ihm die Regierung jeden Monat als Entgelt für seine Dienste zahlt, so anständig wie möglich zu verdienen.

Ich weiß, meine Frau wird den Kopf schütteln, wenn sie diese Zeilen liest. Sie wird mich vorwurfsvoll ansehen und vielleicht murmeln:

»Immer musst du übertreiben!«

Und sie wird hinzufügen:

»Du zeichnest von dir und deinen Kollegen ein falsches Bild.«

Sie hat recht. Gut möglich, dass ich ein wenig übertreibe. Es ist die Reaktion auf weitverbreitete Klischees, über die ich mich so oft geärgert habe.

Wie oft haben mich meine Kollegen nach dem Erscheinen eines neuen Maigrets mit spöttischem Blick empfangen, der wohl bedeuten sollte:

Schaut, schaut, da kommt ja der liebe Gott!

Darum bestehe ich so sehr auf dem Wort »Beamter«, das andere als herabsetzend empfinden.

Fast mein ganzes Leben lang bin ich Beamter gewesen, dank Inspektor Jacquemain bin ich es schon als blutjunger Mann geworden.

So wie mein Vater seinerzeit Schlossverwalter geworden ist. Mit dem gleichen Stolz und ebenso darauf bedacht, meinen Beruf gründlich zu erlernen und meine Pflicht gewissenhaft zu erfüllen.

Der Unterschied zu anderen Beamten ist der, dass die vom Quai des Orfèvres sozusagen in zwei Welten zu Hause sind.

In ihrer Kleidung, Bildung, Wohnung und Lebensart unterscheiden sie sich in nichts von anderen Angehörigen des Mittelstands und träumen ebenso wie sie von einem kleinen Haus auf dem Land.

Dennoch, den größten Teil ihrer Zeit verbringen sie mit der Kehrseite der Menschheit, dem Ausschuss und Abfall, ja den Feinden der Gesellschaft.

Das hat mich häufig nachdenklich gestimmt. Es ist eine seltsame Situation, die mir zuweilen zu schaffen macht.

Ich lebe in einer bürgerlichen Wohnung, in der mich die Düfte von gut Gegartem erwarten, wo alles einfach und klar ist, sauber und behaglich. Von meinem Fenster aus sehe ich Wohnungen, die der meinen gleichen, Mütter, die mit ihren Kindern auf dem Boulevard spazieren gehen, Hausfrauen, die ihre Einkäufe machen. Ich gehöre zu dem Milieu, das man das der anständigen Leute nennt.

Aber ich kenne auch die anderen, kenne sie so gut, dass eine Beziehung zwischen ihnen und mir entstanden ist. Die Straßenmädchen an der Place de la République wissen, dass ich ihre Sprache verstehe und den Sinn ihres Tuns. Der Ganove, der in der Menge unterschlüpft, weiß es auch. Wie all die anderen, denen ich jemals begegnet bin, denen ich Tag für Tag in ihrer Intimsphäre begegne.

Genügt das, um so etwas wie eine Beziehung zu knüpfen?

Ich will sie nicht entschuldigen, ihr Tun nicht billigen, sie nicht reinwaschen. Ich will sie auch nicht verklären, wie es eine Zeit lang Mode war.

Ich sehe sie so, wie sie sind, betrachte sie mit dem Blick eines Menschen, der sich auskennt.

Ohne Neugier, weil Neugier rasch verfliegt.

Und ohne Hass natürlich.

Gewiss, um des Gemeinwohls willen, muss man sie, so gut es geht, in Schranken halten und sie bestrafen, wenn sie die gebotenen Grenzen überschreiten.

Sie wissen das selbst genau. Sie hegen keinen Groll gegen uns. Stattdessen sagen sie:

»Es ist nun einmal Ihr Beruf.«

Was auch immer sie von diesem Beruf halten mögen.

Ist es ein Wunder, dass man nach fünfundzwanzig, dreißig Jahren Dienstzeit einen müden Gang hat und einen noch müderen, manchmal leeren Blick?

»Sind Sie nicht manchmal angewidert?«

Nein! Das eben nicht! Ich habe in meinem Beruf wahrscheinlich sogar einen ziemlich kräftigen Optimismus entwickelt.

In Anlehnung an eine Bemerkung meines Religionslehrers möchte ich sagen:

»Wenig Wissen entfernt uns vom Menschen, viel Wissen führt uns zu ihm zurück.«

Gerade weil ich jedweden Schmutz gesehen habe, ist mir klar geworden, dass Mut, guter Wille oder Ergebenheit vieles aufwiegen.

Durch und durch verdorbene Menschen gibt es wenige, und von denen, die ich gekannt habe, bewegten sich die meisten leider außerhalb meiner Reichweite, jenseits unseres Handlungsbereichs.

Was die anderen betrifft, so habe ich mich bemüht zu verhindern, dass sie zu viel Unheil anrichten, und dafür gesorgt, dass sie für das bezahlen, was sie angerichtet haben.

Und damit ist die Rechnung, wie mir scheint, beglichen.

Mehr ist dazu nicht zu sagen.

8

Die Place des Vosges, ein Fräulein, das heiraten wird, und die kleinen Zettel der Madame Maigret

Im Grunde«, hat Louise gesagt, »sehe ich da keinen so großen Unterschied.«

Ich blicke sie immer ein wenig beklommen an, wenn sie liest, was ich gerade geschrieben habe, und überlege mir eine Antwort auf die Einwände, die sie gleich erheben wird.

»Unterschied? Zwischen was?«

»Zwischen dem, was du von dir berichtest, und dem, was Simenon über dich geschrieben hat.«

»Ach.«

»Vielleicht sollte ich nichts dazu sagen.«

»Aber nein, gewiss nicht!«

Und doch, wenn sie recht hat, habe ich mich vergebens abgeplagt, und es ist durchaus möglich, dass sie recht hat, dass es mir nicht gelungen ist, die Dinge so darzustellen, wie ich wollte.

Oder aber die berühmte Rede über die frisierte Wahrheit, die echter sei als die nackte, ist kein Paradoxon.

Ich habe mein Bestes getan, aber es gibt unzählige Dinge, die mir zu Beginn wichtig erschienen, Einzelheiten, über die ich mich näher auslassen wollte, die ich dann habe fallen lassen.

Um ein Beispiel zu nennen: Auf einem Regalbrett in meiner Bibliothek stehen Simenons Werke. Geduldig habe ich darin alles, was nicht stimmt, mit einem blauen Stift angestrichen und mich darauf gefreut, die Fehler zu berichtigen. Solche, die ihm bloß unterlaufen sind, weil er es nicht besser wusste oder nicht den Mut hatte, mich anzurufen, und solche, die er aus atmosphärischen Gründen in Kauf genommen hat.

Aber wozu? Ich käme mir fürchterlich pedantisch vor, und allmählich glaube auch ich, dass das alles gar nicht so wichtig ist.

Was mich besonders geärgert hat, ist seine Unart, Daten zu verwirren, Ermittlungen, die erst später stattgefunden haben, an den Anfang einer Laufbahn zu stellen oder umgekehrt, sodass meine Inspektoren manchmal noch blutjung sind, während sie tatsächlich schon gesetzte Familienväter waren oder umgekehrt.

Ich hatte sogar die Absicht – da ich darauf verzichtet habe, kann ich es ja zugeben –, mithilfe der Hefte, in die meine Frau regelmäßig Zeitungsausschnitte eingefügt hat, die bedeutendsten Fälle, an denen ich beteiligt war, chronologisch aufzulisten.

»Warum nicht?«, hat mir Simenon geantwortet. »Eine ausgezeichnete Idee. Dann können wir das in der nächsten Auflage berichtigen.« Ohne jede Ironie fügte er hinzu: »Nur, mein lieber Maigret, müssten Sie so freundlich sein, diese Arbeit selbst zu erledigen. Ich bringe es nämlich nicht fertig, meine Bücher noch mal zu lesen.«

Nun, ich habe gesagt, was ich sagen musste, und sei es noch so unbeholfen. Meine Kollegen werden mich verstehen und all jene, die vom Fach sind. Für sie, vor allem, wollte ich die Dinge richtigstellen. Deswegen habe ich auch mehr von unserem Beruf erzählt als von mir.

Einen wichtigen Punkt scheine ich jedoch vernachlässigt zu haben. Ich höre, wie meine Frau behutsam die Tür zum Esszimmer öffnet, in dem ich arbeite, und auf Zehenspitzen hereinkommt.

Sie legt einen kleinen Zettel auf den Tisch, ehe sie sich ebenso leise wieder zurückzieht. Ich lese mit Bleistift geschrieben: *Place des Vosges*.

Und ich kann mich eines Lächelns der Genugtuung nicht erwehren, denn das beweist, dass auch sie auf Details achtet, zumindest auf eines, und zwar aus demselben Grund wie ich, aus Treue.

Aus Treue zu unserer Wohnung am Boulevard Richard-Lenoir. Wir haben sie nie aufgegeben, auch wenn wir nur noch wenige Tage im Jahr dort verbringen, da wir jetzt auf dem Land leben.

In mehreren Büchern hat Simenon uns an der Place des Vosges wohnen lassen, ohne die geringste Erklärung dafür zu geben.

Das hier schreibe ich also im Auftrag meiner Frau. Es stimmt, wir haben einige Monate an der Place des Vosges gewohnt, aber nicht in unseren eigenen Möbeln.

In jenem Jahr hatte unser Vermieter sich endlich entschlossen, das Haus renovieren zu lassen. Die Fassade wurde eingerüstet. Im Haus wurden Mauern und Fußböden aufgerissen, um eine Zentralheizung einzubauen. Man hatte uns versprochen, es würde höchstens drei Wochen dauern. Doch nach zwei Wochen, in denen kaum etwas geschehen war, kam es zu einem Streik im Baugewerbe, dessen Dauer sich nicht absehen ließ.

Simenon reiste nach Afrika, wo er fast ein Jahr verbringen sollte.

»Warum ziehen Sie nicht in meine Wohnung an der Place des Vosges, bis die Bauarbeiten abgeschlossen sind?«

Und so haben wir eine Zeit lang dort gewohnt, in der 21, um genau zu sein, ohne dass man uns Untreue gegen unseren guten alten Boulevard hätte vorwerfen können.

Es hat auch eine Zeit gegeben, da Simenon mich ohne Vorwarnung in den Ruhestand geschickt hat. Dabei hatte ich noch etliche Dienstjahre vor mir.

Wir hatten gerade unser Haus in Meung-sur-Loire gekauft und verbrachten jeden meiner freien Sonntage damit, es herzurichten. Simenon hat uns dort besucht. Das Haus und die Gegend haben ihn so begeistert, dass er in seinem nächsten Buch den Ereignissen vorgriff, mich schamlos zu einem alten Mann machte und endgültig dorthin verfrachtet hat.

»Das verändert die Atmosphäre ein wenig«, hat er mir gesagt, als ich ihn darauf angesprochen habe. »Der Quai des Orfèvres wurde mir allmählich über.«

Man erlaube mir, diesen ungeheuerlichen Satz hervorzuheben. *Ihm*, verstehen Sie, wurde der *Quai, mein* Büro, die tägliche Arbeit bei der Kriminalpolizei über.

Was ihn aber nicht gehindert hat und wahrscheinlich auch künftig nicht hindern wird, zurückliegende Ermittlungen zu schildern, immer ohne zeitliche Einordnung, und mich bald als Sechzigjährigen, bald als Fünfundvierzigjährigen auftreten zu lassen.

Wieder meine Frau. Ich habe hier kein Büro und brauche es auch nicht. Wenn ich arbeite, setze ich mich an den Esszimmertisch, und Louise bleibt in der Küche, was ihr keineswegs missfällt. Ich sehe sie an. Ich glaube, sie will etwas sagen, aber wieder legt sie nur zaghaft einen kleinen Zettel auf den Tisch.

Diesmal ist es eine Liste, wie jene, die sie auf ein herausgerissenes Blatt schreibt, wenn ich ihr aus der Stadt etwas mitbringen soll.

Oben lese ich den Namen meines Neffen, und ich verstehe. Er ist der Sohn ihrer Schwester. Ich habe ihn bei der Polizei untergebracht in einem Alter, da er noch voll jugendlichem Elan war.

Simenon hat von ihm erzählt, aber dann ist der Junge aus seinen Büchern verschwunden, und ich errate Louises Bedenken. Sie glaubt, dass mancher Leser das verdächtig finden müsse, ganz so, als ob ihr Neffe eine Dummheit begangen hätte.

Die Wahrheit ist ganz einfach. Als Polizist war er nicht so brillant, wie er gehofft hatte. So hat er dem Drängen seines Schwiegervaters, eines wohlhabenden Seifenfabrikanten in Marseille, nicht lange widerstanden, der ihm eine Stellung in seiner Fabrik anbot.

Der nächste Name auf der Liste ist Torrence. Der dicke Torrence, der laute Torrence (ich glaube, Simenon hat ihn in einem seiner Bücher sterben lassen, anstelle eines Inspektors, der tatsächlich an meiner Seite in einem Hotel an den Champs-Élysées getötet worden ist).

Torrence hatte zwar keinen Seifenfabrikanten zum Schwiegervater, aber einen ungeheuren Lebenshunger und einen Geschäftssinn, dem er als Beamter nicht nachgehen konnte.

Er hat uns verlassen, um eine Privatdetektei zu gründen, ein sehr seriöses Institut, wie ich gleich hinzufügen will, weil das keine Selbstverständlichkeit ist. Noch lange tauchte er ab und zu am Quai auf, um uns um eine Auskunft oder eine Gefälligkeit zu bitten, oder auch nur, um wieder einmal vertraute Luft zu atmen.

Er fährt einen schweren amerikanischen Wagen. Manchmal hält er vor unserer Tür, immer in Begleitung einer hübschen Frau, jedes Mal einer anderen, die er uns im Brustton der Überzeugung als seine Braut vorstellt.

Ich lese den dritten Namen: der kleine Janvier, wie wir ihn immer genannt haben. Er ist noch am Quai und wird wahrscheinlich noch heute so genannt.

In seinem letzten Brief hat er mir, nicht ohne Schwermut, mitgeteilt, dass seine Tochter einen Studenten der École polytechnique zu heiraten beabsichtige.

Und schließlich Lucas, der zu dieser Stunde wahrscheinlich wie üblich in meinem Büro sitzt, auf meinem Platz und eine meiner Pfeifen raucht, die er mit Tränen in den Augen als Andenken von mir erbeten hatte.

Ein letztes Wort beendet die Liste. Erst habe ich geglaubt, es sei ein Name, aber ich kann es beim besten Willen nicht entziffern.

Eben bin ich in die Küche gegangen, die zu meiner Überraschung von Sonnenlicht durchflutet war. Im Esszimmer sind die Fensterläden geschlossen, weil ich mir einrede, im Halbdunkel lasse sich besser arbeiten.

»Fertig?«

»Nein. Da ist noch ein Wort, das ich nicht lesen kann.«

Sie ist verlegen geworden.

»Das hat keine Bedeutung.«

»Was heißt es denn?«

»Ach, das spielt keine Rolle.«

Damit habe ich mich natürlich nicht abspeisen lassen.

»Der Pflaumenschnaps!«, hat sie schließlich herausgebracht, wobei sie den Kopf abwandte.

Sie wusste, ich würde in Gelächter ausbrechen, und genau so war es.

Wenn es um meine Melone ging, um meinen Mantel mit dem Samtkragen, um meinen Ofen und meinen Schürhaken empfand sie mein Verlangen, die Dinge zurechtzurücken, offenbar als kindisch.

Dennoch hat sie – bewusst unleserlich, dessen bin ich mir sicher, wohl aus einer Art Scham – das Wort *Pflaumenschnaps* unten auf die Liste gekritzelt. Ganz ähnlich macht sie es auch bei ihren Einkaufslisten, wenn sie einen typisch weiblichen

Gebrauchsartikel notiert und mich dann verschämt bittet, ihn für sie zu besorgen.

Simenon hat von einer Flasche erzählt, die immer in unserem Buffet am Boulevard Richard-Lenoir stand – und die auch jetzt noch dort steht. Einer heiligen Tradition folgend, bringt meine Schwägerin bei jedem ihrer jährlichen Besuche Nachschub aus dem Elsass mit.

Er hat törichterweise geschrieben, es sei Pflaumenschnaps.

Dabei ist es Himbeergeist. Und für einen Elsässer scheint das ein gewaltiger Unterschied zu sein.

»Ich habe es korrigiert, Louise. Deine Schwester wird sich freuen.«

Diesmal habe ich die Küchentür offen gelassen.

»Sonst noch etwas?«

»Schreib doch den Simenons, ich sei dabei, Strümpfe zu stricken für …«

»Ich bitte dich! Das wird doch kein Brief!«

»Ach ja. Notier es trotzdem, für den nächsten Brief. Und sie sollen das Foto nicht vergessen, das sie uns versprochen haben.«

Und dann sagte sie noch:

»Kann ich jetzt den Tisch decken?«

Das ist alles.

Shadow Rock Farm, Lakeville (Connecticut),
26. September 1950

Die große Simenon-Taschenbuch-Edition bei Atlantik

Freuen Sie sich auf viele weitere Bände! #monsimenon

DIE GROSSEN ROMANE
Band 102

Georges Simenon
Das blaue Zimmer
Aus dem Französischen von Hansjürgen Wille,
Barbara Klau und Mirjam Madlung
Mit einem Nachwort von John Banville
ISBN 978-3-455-00786-2

Im »blauen Zimmer« gibt es keine Regeln, die Leidenschaft kennt
keine Grenzen. Seit einem Jahr treffen sich Tony und Andrée in
einem Hotel in der Nähe von Poitiers. Sie sind verheiratet, aber
nicht miteinander. Bald schon verwandelt sich die Affäre in einen
Albtraum. Ein ungemein eindringlicher Roman, der fast schmerz-
haft unter die Haut geht. 2014 von Mathieu Amalric verfilmt.

»Von allem überflüssigen Ballast befreit …
Ein Triumph des realistischen Erzählens.«
John Banville